エロ漫画の悪役に転生した俺が、
寝取らなくても
幸せになる方法
みずがめ
Illustration
ねしあ

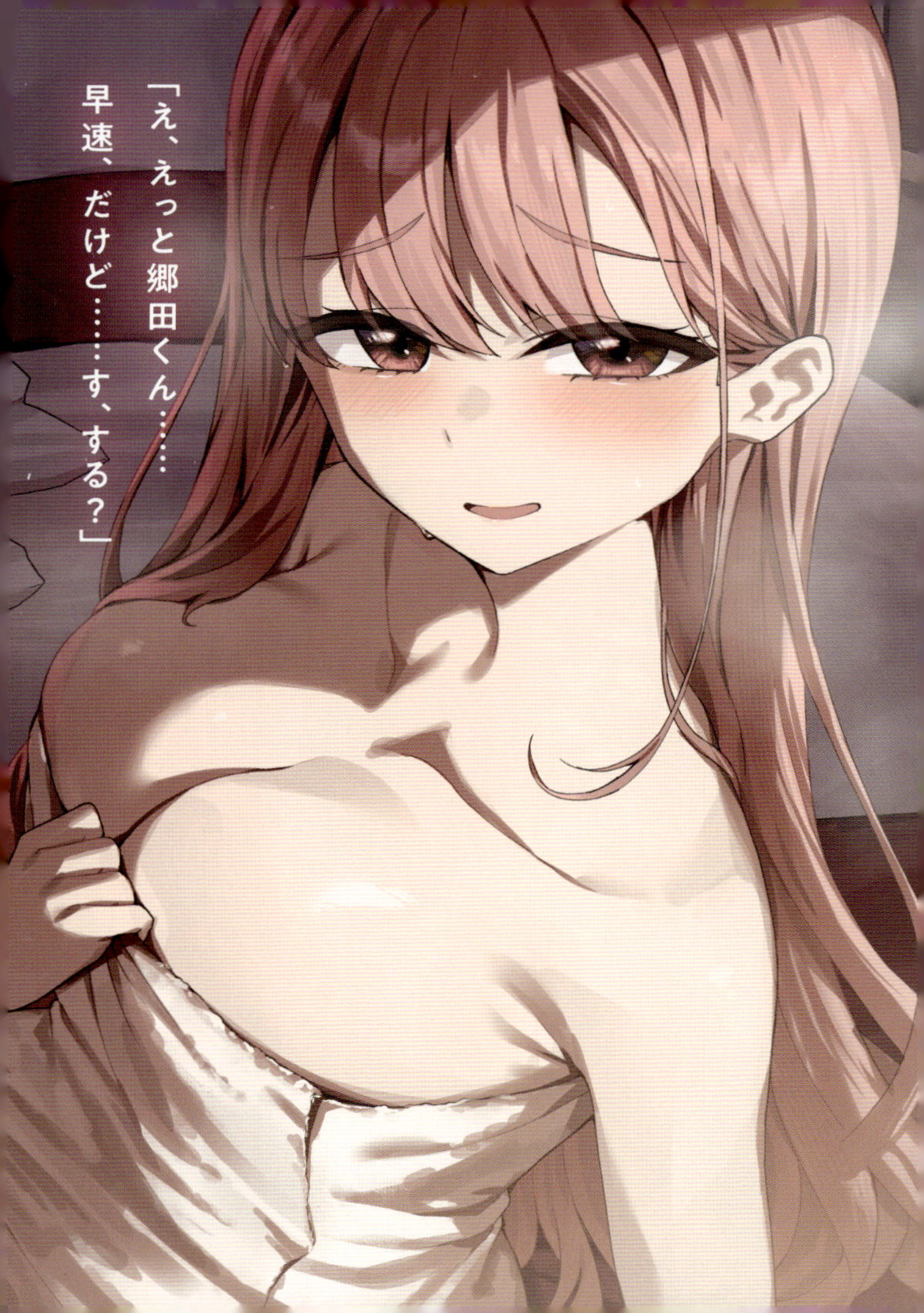
「え、えっと郷田くん……
早速、だけど……す、する？」

彼女が頬を染めて、恥じらいながら紡いだ言葉。
状況を考えれば、意味を間違えることはなかった。
俺は、寝取らないと決めていたメインヒロイン、
白鳥日葵に誘惑されてしまったのだ。
白鳥《しらとり》 日葵《ひまり》
主人公が転生したエロ漫画のメインヒロイン。
作中だと郷田晃生に寝取られる、
原作主人公の優等生彼女だったが……!?

「晃生がまっとうになったとして……その隣にアタシがいても、いいのかな？」
氷室《ひむろ》 羽彩《はあや》
郷田晃生のクラスメイトで
隣の席の元気ギャル。
見た目と裏腹に純情な良い子。

「んっ……。
晃生くんの、
気持ち良かったぁー❤」
小山《こやま》　エリカ
郷田晃生の部屋に
出入りしている年上女子大生。
落ち着いていて包容力のあるお姉さん。

1対3の
至福の時間
「それじゃあ晃生くん、始めよっか♥」
「わ、私の覚悟の全部を受け取ってもらうわよ♥」

「晃生ー……優しく、してね♥」

CONTENTS

エロ漫画の悪役に転生した俺が、寝取らなくても幸せになる方法

みずがめ

角川スニーカー文庫

24601

Illustration：ねしあ
Design Works：たにごめかぶと（ムシカゴグラフィクス）

プロローグ

「朝目が覚めたら、主人公からヒロインを寝取る男になっていた件……」

寝起きから突拍子もないことを呟《つぶや》いた。

別にラノベとかの長文タイトルを読み上げたわけじゃない。言葉通り、俺の現在の状況を口にしただけだ。

洗面台の鏡に映るのは、俺じゃない見知らぬ人物……。いや、よく見たことのある男だった。

郷田《ごうだ》晃生《あきお》。最近読んでいた漫画の登場人物である。

「こうやって実際に見たら、悪役面にもほどがあるなぁ」

凶悪な面に、染めた赤髪が逆立っている。筋肉質で大柄な体躯《たいく》は威圧感たっぷりであろう。

外見だけで不良と認識されても文句は言えないだろう。これで捨て犬を拾っていたら絶対にギャップが生まれるはずだ。

一応、一人の男として股間をチェックしてみた。あまりの威厳に腰を抜かしそうになった。こんなもん目にしたら、大半の男は戦意喪失してしまうのではなかろうか。

いきなり俺が奇行に走ったかと思われるかもしれないが、これには深いワケがあるのだ。

「さすがはエロ漫画の竿《さお》役。立派すぎるものをお持ちじゃないか」

そう、この身体《からだ》の持ち主である郷田晃生はエロ漫画の竿役なのである。しかも主人公からヒロインを寝取るという最低最悪の男だ。

普通なら夢とでも思って頬《ほお》でもつねる場面なんだろう。しかし、あっさりと現実として受け入れている自分がいた。

むしろこの世界が漫画の中の世界という方がしっくりこないほどだ。前世の記憶と人格が表に出たものの、常識は郷田晃生のものが強く残っていた。

「だからって、人の恋人を奪っちゃいけねえよ」

作中での郷田晃生の倫理観は、控え目に言ってトチ狂っていた。

俺の女は俺のもの。お前の女も俺のもの。と言わんばかりに見境なく手を出しまくっていた。下半身で生きるってのを実行したら、こんな感じになるんだろうなと妙に納得したものである。

でも、これが現実であれば大人しく納得している場合じゃない。

フィクションだから楽しめたのであって、現実で寝取り野郎になる趣味はない。ていうか、そんなことをすればお天道様の下で生きていられなくなる。NTR、ダメ絶対。

作中ではご都合主義全開で、郷田晃生に手を出されたヒロインはあっさりと快楽に溺れてしまう。読者の立場なら安心してお世話になったものだが、当人になったとなれば話が違ってくる。

仮に竿役の本領を発揮できたとしても、一時の快楽で人の人生を狂わせる気には到底なれなかった。

「まあ、悪いけど晃生くんには寝取り展開を諦めてもらおう」

俺が悪役寝取り野郎になってしまった以上、ハッピーエンドになるためには「何もしない」が最善だろう。

俺が何もしなければヒロインが寝取られることはない。主人公とヒロインが精神崩壊することもなくなる。リアルでそんなことになったら責任取れないって。

「今までの分は仕方ないとして、これからはまっとうに生きようじゃないか。スペック自体は高そうだしな。悪いことさえしなけりゃどうとでもなるだろ」

記憶によれば、郷田晃生は現在高校二年生。竿役として、すでにかなりの戦歴を誇っていた。

けれど幸か不幸か。人の女を寝取ったという記憶はまだない。確か主人公の恋人を寝取ったことで味を占めてしまったのだったか。

だったら今、前世の記憶が蘇《よみがえ》ったのは良いタイミングだ。ヒロインと距離を置く。たったそれだけの対策で済む話なんだからな。

「若くて強い身体を手に入れただけと考えれば最高じゃないか。相手は悪人なんだし、俺の心が痛まないってのもいい」

元の人格が現れる様子はない。俺の前世の自我が発現した結果、消滅させてしまったのなら良心が痛むところだ。だがしかし、相手が悪人ならばむしろ良いことをした気分になる。

郷田晃生は見た目通り高い身体能力を持っている。それが俺の身体になった。前世の貧弱さを考えれば、これは転生特典みたいなものじゃないか。

「おおっ。最初はこんなキャラに転生してどうしようって思ったけど、上手《うま》くやれば失った青春を取り戻せるぞ！」

考えれば考えるほどテンション上がってきた！　これからは綺麗《きれい》な郷田晃生として生きていこうじゃないか。

そうすれば、俺にだってハッピーエンドが訪れるはずだ。前世では面白みのない高校生活だったが、このチートボディがあれば楽しく過ごせそうだ。

いいねぇ、明るい未来が俺を待っている！

転生した戸惑いはもうどこにもなくて、俺はただただ明るい未来を見つめていたのであった。

◇◇◇

――そんなことを思っていた時期が、俺にもありました。

「ご、郷田くん……」

目の前にはピンク髪の美少女がいる。漫画の世界だけあって、髪がピンク色でも違和感がなかった。むしろすごく似合っている。

そのピンク色のロングヘアーがしっとりと濡《ぬ》れている。ついでに言えば、彼女はバスタオル一枚しか身につけていなかった。そんなもんでその豊満なスタイルを隠し切れるはずもなく、男の欲望を刺激するばかりの格好でしかなかった。

場所はラブホテル。俺とピンク髪美少女の二人きりという状況。

その美少女さんが、ぎこちなく髪をかき上げながら俺に流し目を送ってくる。

「え、えっと郷田くん……早速、だけど……す、する？」

彼女が頬を染めて、恥じらいながら紡いだ言葉。状況を考えれば、意味を間違えることはなかった。

俺は、寝取らないと決めていたメインヒロイン、白鳥日葵《しらとりひまり》に誘惑されてしまったのだ。

「し、白鳥……お前、マジかよ……」

郷田晃生にとって、現在の彼女はただのクラスメイトである。

切れ長の目に通った鼻筋。潤いのある唇は艶があり、高校生ながらかなりの色気を放っている。

エロ漫画のヒロインらしく、豊満な胸にくびれた腰のラインが素晴らしい。太ももも肉感的で、言葉を選ばずに言うなら男の性欲を刺激する身体だ。

フィクションらしい長いピンク髪は、作中で清楚《せいそ》の象徴みたいに描写されていたっけか。

郷田晃生の赤髪は染めているのに、あのピンク髪が地毛ってのはどういうことなんだろうね？

「私がこんなことをするなんて意外？　……そうかもしれないわね。でも、遊びじゃないわ」

そんな美少女に誘われているというシチュエーション。うん、ちょっと状況を整理させてほしい。

一章　どうも、最低の寝取り野郎です

話は少し遡る。

俺は転生したばかりということもあって、情報収集することにした。とは言っても、近所を探索しようとぶらぶら歩いていただけなのだが。

そんな時に泣いている女の子を見かけた。見事なピンク髪に「漫画の世界すげぇ」とある種の感動に震えていたら、その女の子に気づかれて声をかけられた。

「郷田《ごうだ》くん？　な、なんでこんなところに？」

その泣いていた女の子こそが、原作のメインヒロインである白鳥《しらとり》日葵《ひまり》だったというわけだ。

関わらない方がいい。そう思ったものの、この近辺はガラの悪い連中が多かった。今もその辺をうろついており、白鳥のメリハリのある身体を見てニヤニヤしている奴《やつ》らがいる。

今俺がいなくなったら、悪い男連中が白鳥に近づくだろう。悪役の俺がいなくても、彼女はすでにピンチに陥っていた。

「この辺は女一人だと危ないぞ。家まで送ってやるから早く帰れ」

なので彼女をここから安全に離れさせるための提案をした。

最低限の関わりのつもりだった。とくに何かよからぬことをしようという考えは、少なくとも俺にはなかった。

「……郷田くん、ついて来てほしいの」

「へ？」

白鳥ががっと俺の手を摑《つか》んだ。何か決意したみたいな顔に、逆らえる俺ではなかった。

想像以上に強い力でぐいぐいと引っ張られるままついて行って、辿《たど》り着いたのがラブホテルだったというわけだ。

「いや意味わかんねえよ！」

流されるままついて来て、彼女がシャワーを浴びてバスタオル一枚になってから出てくるセリフではないとわかっている。

しかし、こちとら転生したばかりでまだ頭の整理すらまともにできていなかったのだ。

メインヒロインに遭遇しただけでもいっぱいいっぱいだってのに、突然の事態についていけなかったとしても仕方がないと思う。弁明の余地はあるはずだ。

「うう……、やっぱり郷田くんも私に魅力がないって思うの？」

「はい？」

見れば、白鳥が悲しそうに肩を落としていた。素肌をさらしている肩から腕のラインでさえエロスを感じる。

「そんなエッチな格好しておいて何言ってんだ？」

「こんなエッチな格好をしても、私には魅力がないのよ……」

なぜか落ち込む白鳥。落ち込みすぎて「ずーん」って効果音が聞こえそうだ。

魅力がないって本気で言ってんのか？　そんなに深い胸の谷間を見せつけておいて？　バスタオルだけを纏《まと》って腰のくびれを強調しておいて？　触り心地のよさそうな太ももを露《あら》わにしておいて？

この女、男をなんだと思っているのだろうか。

「お前はバカか」

「ば、ばか？」

白鳥は困惑する。いやいや、こんな格好で学校一危険な男を誘惑するとか、物を知らないにもほどがあるぞ。

「白鳥みたいな美少女にそんな格好されて誘惑されたら、大抵の男は襲うぞ。身体を隅々まで蹂躙《じゅうりん》されて快楽漬けにされて、最終的には二度と学校に通えなくなるんだ」

「じゅ、蹂躙……。か、快楽……？」

耳慣れない単語に恐怖を覚えたのか、彼女の喉が鳴る。

ちなみに、俺が言ったことは原作での白鳥日葵の末路である。確か郷田の竿に堕《お》ちた彼女は高校を辞めて、都合の良い性奴隷になるんだったか。漫画だから何も思わなかったけど、実際に他人の人生を無茶苦茶《むちゃくちゃ》にするだなんて、こっちの精神が病みそうである。

「で、でも……郷田くんは私を襲わないわ！　口から出まかせを言わないでっ」

何これ襲われたいの？

原作の展開ではこうじゃなかったはずだ。確か、力尽くでピー（自主規制）して、脅して関係を続けて、最終的には漫画ならではのご都合主義がありながらも快楽堕ちさせたのだ。

今の彼女は嫌がっているどころか自分から誘惑している。むしろぐいぐいきている。寝取られヒロインとは思えないほどの強情っぷりである。

そうだ。白鳥日葵は寝取られヒロインだった。

「いや待て。そもそも白鳥は彼氏いただろうが。そんな奴とその……そういうことできないって、わかるだろ！」

なんで俺の方が照れなければならんのだ。くそっ、やはりリアルとフィクションは違うってことか。

「私の、彼氏……」

ようやく正気を取り戻したのか。白鳥の動きがピタリと止まった。

だがしかし、次の瞬間彼女の目から大粒の涙が零《こぼ》れた。

「う、ううぅ……ぅ～～」

マジ泣きだった。嘘《うそ》泣きなんかじゃなく、目の前の美少女は本気で泣いていた。

……女の子に目の前で泣かれると、どうしていいかわからなくなるのは子供でも大人でも変わらないな。

頭をがしがしとかく。ため息をつきたかったが、それは呑《の》み込んだ。

メインヒロインに関わるつもりはない。その考えを変える気はないが、泣いている女の子をこのまま放っておくことも俺にはできなかった。

「なんで泣くんだよ。……話くらいなら聞くぞ」

とても不本意ではあるのだが、俺は少しだけメインヒロインに歩み寄ることにした。

「ぐすっ……。うん、聞いてほしいわ」

白鳥は鼻声で頷《うなず》いた。悪役に悩みを打ち明けたいくらいには弱っているらしい。

互いにベッドに座る。場所と白鳥の格好を考えると大人の時間が始まってもおかしくないのだが、これから告白されるのは涙と俺を誘惑した理由である。

「私……野坂純平《のさかじゅんぺい》くんと付き合っているの」

知っている。原作の情報だからな。

野坂純平。クラスメイトであり、白鳥日葵の幼馴染《おさななじみ》である。

原作では高校入学を機に、野坂は長年募っていた恋心を白鳥に告白した。

最初は弟のように思っていた幼馴染からの告白に、白鳥は動揺し、返事を保留にした。

だが後日、大切な幼馴染の悲しむ顔を見たくないからと告白を受け入れて、晴れて二人は付き合うことになったのだ。

そして、順調に仲を深めていく最中、二人の仲を裂くように郷田晃生《あきお》が恋人を無理やり……。まあつまり、寝取り展開ってわけだ。

野坂純平は原作主人公で、彼が好きになる女子がみんな郷田に寝取られていく。脳を破壊されそうな展開が続いていくが、俺は寝取る側として読んでいたのでとてもお世話になったものだ。

「この間ね、純平くんと初めてエッチしようとしたの」

思わず噴き出しそうになったのをなんとか耐える。女子って自分の性事情を他の男子に話せちゃうもんなのか？

いや、話を聞くと言ったのは俺だ。最初から話の腰を折るわけにもいかない。無言で続きを促した。

「それでね……。私の裸を見た純平くんが『あ、俺おっぱい大きい女の子が苦手なんだ』って言ったの」

「は？」

これから彼女とエッチしようって時に、何言ってんの純平くん？

「その日はそれでお終《しま》い。それからなんだかギクシャクしちゃって……。私の身体《からだ》に魅力がなかったせいで純平くんに嫌な思いをさせてしまったの……」

白鳥は悲しみの涙を零す。俺は原作で読んだことのなかった情報に困惑していた。

とりあえず話を整理しよう。

告白したのは野坂からだ。原作を信じていいのなら、二人の仲は良好だったはずだ。付き合っているのだからエッチする展開になるのも当然だ。しかし、いざ裸を見せると「おっぱい大きい女の子は苦手」ときた。

それから二人の関係がギクシャクして、白鳥が俺をラブホテルに誘うという展開になったわけか。……うーん、白鳥の口振りからして自分の魅力を俺で確認したかったんだろうが、ぶっ飛んだ行動にもほどがあるだろ。

ここで白鳥の行動については置いておこう。野坂の言動については少しピンときたものがあるしな。

「その、初めてのエッチの時だけど……。白鳥が裸になって、野坂は服を脱いだのか？」

顔が熱くなる。そういうことを平気で尋ねられる胆力は、本来なら俺は持ち合わせていないのだ。

「え？　えーと……。確かパンツは穿《は》いたままだったわ」

うん、その答えを聞いてなんとなくの想像はついた。

おそらく初エッチの時、野坂は白鳥の美しく迫力のある裸体に気後れしたのだろう。緊張しすぎてムスコが立ち上がらない。一定数の男はそういう悩みを抱えている。初めてだったならなおさらだ。

自分の情けないところを誤魔化《ごまか》すためなのか、野坂は心にもないことを言ってしまった。「大きいおっぱいが苦手」だなんて、自分から告白しておいて今更すぎる。

まあ気持ちはわからんでもない。可愛《かわい》い女の子を前にして、男の象徴が反応しないのはショックだっただろう。その場をなんとか切り抜けようと見栄《みえ》を張ってしまうのは、男の性《さが》みたいなものだ。

「まあ気にするなって。今はギクシャクしていても、時間が解決してくれるって。野坂が大きいおっぱいを嫌っているなんてあるはずないだろ」

そこまで想像できたものの、白鳥にそのまま伝えるのは憚《はばか》られた。

いやだってさ、これを言っちゃうと野坂の男の沽券《こけん》に関わる。あくまで俺の想像でしかないし、変に伝えて余計に関係がこじれでもしたら、それこそ責任を取れない。

無難に聞き流してしまおう。話だけは聞いたし、俺の役目は終わったってことで。

「嘘っ。絶対に無理よ。時間が経《た》っても解決しないわっ！」

白鳥はネガティブ発言を繰り返す。その顔は悲しみに暮れたままだった。

彼氏に拒絶されたのがよほど堪《こた》えたのだろう。胸の大きさというどうしようもないことを言われて、自分でも何をしていいのかわからなくなっているのかもしれない。

「郷田くんだって私のこと、魅力がないって思っているでしょう？」

「そんなこと思ってないって」

「嘘よ！　……だったら、ちゃんと見てみてよっ」

白鳥がすっくと立ち上がる。それから俺の正面でその魅力的な身体を強調させた。

バスタオル一枚という煽情的《せんじょうてき》な姿が俺の眼前にさらされる。あまりに近すぎて、彼女の香りが鼻腔《びこう》をくすぐって仕方がない。

白鳥はかろうじてその身体を守っているバスタオルに手をかけた。

「ほわぁっ!?」

思わず変な声を出してしまった。

だって、いきなり白鳥の身体を守っていたバスタオルがはらりと落ちたから。そうなれば当然何一つ身に纏っていない姿がさらされるわけで……。俺は彼女の大事な肌色が見えるギリギリで目を閉じた。

「ちゃんと見て……。私、そんなに魅力ない？」

あまりに近すぎる声。それに反応して目を開ければ、白鳥の顔がすぐそこにあった。

涙を零しながら裸体をさらす美少女。あまりにも美しく、何よりエロくて目を奪われてしまった。

って、オイオイオイオイ！　お前は本来そんなキャラじゃないだろうが！

さっきから俺をこれでもかと誘惑してくるが、学校での白鳥日葵は優等生である。

しかも真面目《まじめ》で一途《いちず》。原作ではその性格がよく出ていて、郷田晃生から与えられる快楽に最後まで抵抗していた。まあ形だけの抵抗で、最初から感じまくっていたんだけども。

そして、だからこそ最後に心まで堕ちる姿が最高にエロかったのだ。あの時は大変お世話になりました！

「ねえ郷田くん。教えてよ……。私、一体どうすればいいの……？」

ピンク髪の美少女は、一糸纏わぬ姿で涙を流す。見ようによっては芸術的な瞬間かもしれないが、俺にとっては精神をゴリゴリ削られる苦行の瞬間だった。

彼女の真面目さがおかしな方向に行ってしまったのだろう。優等生ってのは道を踏み外した時に思いもしなかったことをしでかすらしい。正気に戻ったら枕に顔を埋《うず》めて「ああああああぁぁぁぁぁ!!」と絶叫するに違いない。

こんな精神状態の白鳥と肉体関係を持つのは簡単だ。

だがしかし、それをしてしまえば俺は終わってしまう。せっかく綺麗《きれい》な郷田晃生として人生を送ろうってのに、このまま彼女を抱けば状況は違えど寝取る展開には変わらない。

「そんなことないって。白鳥はすげえ魅力的だよ。だから泣くなって。な?」

「嘘よっ。郷田くんも私を抱こうとしないもの。どうせ私なんて女として終わっているのよ……うわあぁぁん!」

どうしよう。この女めんどくさい。

褒めても受け入れてくれない。強情になった彼女にどう言葉をかけていいかわからなかった。

いや、きっと言葉ではダメなのだ。言葉だけでは、証明にならないから。

「白鳥はすげえ魅力的だよ……」

俺は覚悟を決めて、恥を捨てた。

「ここを見ろ！　白鳥が魅力的だって……こ、これが……証拠だ！」

俺は自分の股間を指差した。そこはズボン越しでもわかるほど、もっこり山を作っていた。

股間がもっこり。思春期なら男女問わずその意味に気づくはずだ。そして、思春期男子は股間がもっこりと膨らんでいるところを見られるのはたまらなく恥ずかしい！

「え……？」

優等生の白鳥もその意味に気づいたようだ。真面目とはいってもやはり思春期女子である。

「郷田くん……もしかして、興奮しているの？」

「お、おうよ」

大きく頷いてみせる。女子に股間がもっこりしているところをまじまじと見つめられるとか、かなりの羞恥心をかき立てられる。

これってセクハラだよなぁ。そう思いながらも、白鳥の自信を回復させるためだと羞恥心を振り払った。

「か、可愛い白鳥がそそそ、そんな格好をして反応しない男はいないだろ……」。バスタオル一枚で白鳥の色っぽい身体を隠せなかったのに……は、裸とか。こんなの襲われたって文句言えないんだからなっ。だ、だからっ、自分に魅力がないなんて言うな。お前を見て興奮しちまった俺が情けなくなるだろうがっ！」

顔が熱くなるのも構わず言い切った。

なんかすげえひどいこと言った気がする。恥ずかしすぎて途中何口走ったかわかんなくなったけど。

恥ずかしさで頭が沸騰しながらも、恐る恐る彼女を見た。身体じゃなくて顔を注視するように気をつける。

「ふふっ。郷田くんって思ったよりも優しいのね」

涙を拭いながら優しい表情を浮かべる白鳥に、くすりと笑われてしまっていた。

「い、いや、優しくはないだろ……」

むしろ膨らんだ股間を見せるとか、セクハラ以外の何ものでもない。訴えられても文句は言えないことをした自覚はある。内心では白鳥がどう判断するかとビクビクしているのだ。

「ううん、優しいわ。恥ずかしそうに、でもちゃんと励ましてくれて……。私、郷田くんに相談して良かったって思ったもの」

「本当かよ。ならもう自分に魅力がないとか言わないでくれよ。こういうのは勘弁してほしいんだからな」

「わかったわ。郷田くん、学校では興味ないフリして、私のことを可愛いって思ってくれていたんだものね」

うっと言葉に詰まる。

可愛いと思っているのは事実だけど、他人の彼女に言うことじゃなかった。励ますためとはいえ、不用意なことを言ってしまったかもしれない。

「わ、わかったらさっさと服を着ろ。彼氏以外の男といつまでもこんなところにいられないだろ？」

「……」

「白鳥？」

なぜか無言の白鳥。その視線は俺のもっこりしたままの股間に注がれていた。

「あの、これ……処理した方がいいのよね？」

「は、え、処理？」

俺の股間から目を離さずに彼女が口にした言葉。その言葉を脳が上手《うま》く処理してくれなかった。

「だ、だってっ。男の人がこうなったら処理しないと苦しいって聞いたことがあるし……。

元々そういうつもりでここに来たわけだし……。郷田くんにはその、相談にのってもらったお礼をしたいし……」

白鳥は真面目すぎるのだろう。融通が利かないというかなんというか……。

エロ漫画のヒロインだけあって、彼女はかなりの美少女だ。身体《からだ》つきだって今すぐにでも味わい尽くしたいほどに魅力的だ。

何もなければ、俺だって男の象徴を解放するのもやぶさかではない。しかし、彼女には彼氏がいる。エロ漫画のヒロインというのを抜きにしても、そんな女性に手を出すわけにはいかない。

「……大丈夫だ。お気持ちだけで、充分です」

白鳥の提案を強い意志で断った。地を這《は》うような声になってしまったのは大目に見てほしい。こんな美少女に相手してもらえる機会とか、もうないかもしれないんだよなぁ。

「そ、そう？　……別にいいのに」

なぜか白鳥は残念そうにしていた。そう見えたのは俺の気のせいだったかもしれないけど。

だって、瞬《まばた》きする間に彼女はふわりと微笑《ほほえ》んだから。

「……ありがとう郷田くん」

微笑む白鳥の顔は、泣き顔よりも百万倍可愛かった。

彼女の顔がすっと近づいてくる。右の頰《ほお》に触れる柔らかな感触とリップ音がスローモーションで感じられた。

「え?」

一瞬、何が起こったのかわからなかった。

「純平くんには秘密よ?」

悪戯《いたずら》っ子《こ》のように笑う白鳥を見て、やはりこの娘《こ》はエロ漫画のヒロインなのだと再確認したのであった。

◇◇◇

泣いていた白鳥を慰めて、なんだかんだで無事に(?)家まで送り届けた次の日。

「よし、行くか」

郷田晃生に転生して初めての登校日。鏡の前で制服の乱れがないかを入念にチェックして、パシンッと両手で頰を叩《たた》いて気合いを入れた。

「……」

右の頬を触ると、昨日の感触を思い出してしまう。

すると連鎖的に記憶が引き出されて……。白鳥の息遣いや匂い、メリハリのありすぎる身体が脳内に浮かんだ。

「いかんいかん。煩悩退散っと」

バチンバチンと、再度強めに頬を叩く。痛みで赤くなった頬を鏡で確認し、精神を落ち着かせた。

忘れ物がないかを確認してから、家を出る。郷田晃生の記憶を辿《たど》り、学校までの道のりを歩いた。

「おはよう郷田くん」

「お、おはよう白鳥……」

もうすぐ学校に到着する、というところで白鳥にあいさつされた。無視することもできず、軽く会釈しながらあいさつを返す。

「いや、俺なんかにあいさつしてどうすんだ。悪目立ちするぞ？」

郷田晃生は学内で有名な不良である。

原作でも不良っぽい生徒はあまり登場しなかった。同じタイプならともかく、普通の感覚ならこんないかつい男子に話しかける奴《やつ》はいないだろう。

「昨日はお世話になったんだもの。それに、クラスメイトにあいさつするのは当たり前でしょう？」

「まあ、あいさつくらいなら」

ぶっきらぼうな態度でも、白鳥はただ微笑むだけだった。俺を恐れる様子は感じられない。

まあ、確か原作でも相手が誰であれ真っ直《ます》ぐ意見をぶつけられる女子だったか。だからこそ郷田晃生に「おもしれー女」認定されて襲われることになったんだけどな。

俺が校舎に向かっていると、その先にいた連中は道を空けていく。郷田晃生が学校でどういう扱いなのか記憶にあるものの、実際に恐れられているところを見るとちょっとへこむな。

「で、白鳥はいつまで俺の隣にいるつもりなんだ？」

「え？　クラスメイトなんだから目的地は同じじゃない。教室まで一緒よ」

「マジか」

「だって寄り道する予定もないもの」

いや、そういうことじゃなくてだな。何か言ってやりたかったが、ニコニコしている白鳥を見ていると言っても無駄な気がした。

腕が触れるか触れないかの絶妙な距離感。白鳥が隣を歩いているだけでくすぐったい気持ちにさせられる。

余裕を持って教室に到着する。俺が教室に入った瞬間、ざわりと空気が揺れた。

今まで郷田晃生が遅刻するのは当たり前だったからな。こんなに朝早くから猛獣が現れて、善良な一般市民は軽くパニックか。扱いとしてはそんな感じだよなぁ。

「ひ、日葵ちゃん逃げて──っ」

女子グループからそんな声が聞こえてきた。小声だったけど、俺の隣にいる白鳥の身を案じて言わずにはいられなかったのだろう。

「ヒッ⁉」

声に反応して女子グループに目を向けてしまった。たったそれだけで怯《おび》えられてしまう。見ちゃってごめんね。

「ほら白鳥。さっさと友達のところに行けよ。みんな心配してんぞ」

「うん。また後でね郷田くん」

いやいや、「また後で」とか言われても困るから。

白鳥の態度に調子が狂わされる。ため息をついて頭をがしがしとかいた。それだけでビクゥッ！　って擬音が聞こえてきそうなほど教室中が怖がったのが感じられた。あの、俺何もしてないよ？

「……」

一挙手一投足に注意しないとクラスメイトを怖がらせてしまうらしい。ちょっと悲しくなって、とぼとぼと自分の席へと向かった。

「晃生ー？　どしたん今日早いじゃん」

席に着くと、隣の席にいた金髪ギャルが話しかけてきた。

こいつの名前は氷室羽彩《ひむろはあや》。郷田晃生がクラスで唯一普通に話せる女子である。

氷室の金髪は染めたものであり、それをサイドテールにまとめている。メイクはバッチリで、着崩した制服の胸元から谷間が見えていた。

彼女は原作で数少ない不良キャラだ。というか原作で登場した不良キャラは彼女と郷田晃生くらいで、あとはモブである。

なぜか氷室は晃生に従順だった。どれくらい従順かといえば、日葵を襲うために人気《ひとけ》のない場所に呼び出せと命令されて、素直に言う通りにするくらいには従順だ。

原作で初期の頃から従順だったもんだから、最初は晃生のセフレかと思っていたっけか。でも氷室と初めて身体を重ねたのは白鳥を落としてからだったんだよな。それまで処女だったものだから、読んだ当時は驚いたものである。

「同じ学校の女と遊ぶのは後が面倒だから」という理由で手を出していなかった。だがしかし、白鳥を寝取ったことで味を占めたせいで、学校の女子まで襲うようになったのだ。

氷室はその被害者の一人ってわけだ。

いやー、振り返ってみても郷田晃生って本当に最低だな。フィクションだと思っていたから楽しめたんだけど、現実では絶対に遭遇したくない人種である。

「学生なんだから学校に時間通り来るのは当然だろ」

「あははー。真面目《まじめ》だー」

氷室はケラケラとおかしそうに笑う。まあ言った本人が遅刻の常習犯だからな。ギャグに思われたって文句は言えないか。

「制服もきっちり着ちゃってさ。逆に怪しいよね。もしかして朝帰りだったりして？」

ニタァと笑う氷室。見た目だけならヒロインの一人って感じなのに、嫌な笑い方で台無しだった。

「バカ言うな。俺はこれからまっとうに生きるんだ。青春を取り戻すんだよ」

「セイシュン？」

氷室は目を丸くする。そして大口を開けて笑った。

「あっはっはっ！　何それ？　いきなりどしたん？　晃生ってば頭でも打ったの？」

ないか。

　腹を抱えるほど笑われてしまった。まあ、ある意味頭を打ったようなもんだから仕方が
　俺は郷田晃生であって、郷田晃生ではない。俺の青春のため、この身体を自由に使わせてもらう。

「……え、マジなん？」

　氷室の笑い声がピタリと止まった。

「ああ、大マジだ」

　俺の真剣な表情に、氷室は息を呑《の》む。それから俺を見る彼女の表情は、怯えたものに変わっていた。

　いきなり郷田晃生らしくないことを言って、変に思われてしまったかもしれない。別人すぎて怯えさせてしまったかもしれない。

　だけど、俺らしく生きるためには今までの郷田晃生のイメージを払拭していかなければならない。他人の目なんか気にしていられるか！　と言いたいところだけど、そうはいかないのが現実だ。

「……」

　視線を感じて目を向けてみれば、みんなが目を逸《そ》らす中で白鳥だけが笑顔でこっちを見

ていた。

「青春を取り戻すつもりだけど、お前だけには手を出さないから安心しろ」

小さな呟《つぶや》きは、未《いま》だに動揺を隠せないでいる教室の空気に消えていった。

◇◇◇

高校生の時期というのは貴重である。

当時はそう思わなくて、むしろ大学生や社会人の方が自由にできることが多いと思い込んでいた。

確かに大人にならなければできないことはある。けれど、高校生のうちでしか体験できない青春ってやつが、必ずあるのだ。過ぎ去ってしまったからこそ、そう思わずにはいられない。

「前世でおじさんを経験していると、若者には後悔のない青春ってやつを送ってほしいと思わずにはいられないもんだよ」

我ながら何様って感じの考えだ。白鳥日葵をちょっとだけでも励ましたという自信が、俺に少しだけ余裕を与えたのかもしれない。他人のことよりも、まず自分のことを考えなければならないのに。

励ましたって言っても、相手はエロ漫画のヒロインだ。作中では語られていなかった、ただのイベントの一つだったという可能性もある。

いいや、ここがエロ漫画の世界とか関係ねえ。俺が悪役にならなければ、原作知識は意味を成さなくなる。それでいいんだ。

白鳥と野坂の仲を陰ながら応援する。そして俺はまっとうに学生生活を堪能する。

そうだ。俺は前世で縁のなかった青春ラブコメを求む。それが、郷田晃生になった俺の目標だ。

「……」

だがしかし、前途多難である。

授業の合間の休み時間。それぞれ仲の良いグループで固まっている中、俺の周りだけぽっかりと空間ができていた。

クラスメイトは俺を恐れている。ちょっと目を向けただけで顔を逸らされるくらいには。

郷田晃生を悪の竿《さお》役くらいにしか捉えていなかったけど、もしかして友達の一人もいないのか？　この寂しさを実際に感じると、ちょっとだけ同情心が生まれてしまいそうだ。

隣の席を見る。不良仲間の氷室の姿はなかった。

郷田晃生が突然真面目になったもんだから、距離を取られてしまったのだろうか？　遅刻せずに学校に来ただけなのにね。

「郷田くん」

顔を上げればピンク髪の美少女の姿があった。制服なのに豊かに実った胸の果実がくっきり現れているのがエッチだと思います。さすがはエロ漫画の制服デザイン。

「どうした白鳥。俺に何か用か？」

ぼーっとしていたから白鳥の接近に気づかなかった。普通に対応したつもりだったが、鬱陶しい感情を隠せていなかったのだろう。白鳥に指摘されてしまう。

「そんな嫌そうな顔しないでよ。授業でわからないところとかなかったのかなって、気になっただけなんだから」

「別に大丈夫だぞ」

「いつも授業中寝てばかりだったから。ちゃんと勉強していないと思っていたわ」

「なんだ？　わからなかったら懇切丁寧に教えてくれるつもりだったのかよ？」

「そのつもりだったんだけどね。今日は真面目に授業を受けていたから、少しでも力になれたらと思ったのだけれど……いらないお世話だったようね」

そう言って白鳥はちょっとだけ寂しそうに微笑《ほほえ》んだ。

そんなに俺に勉強を教えたかったのか？　昨日のことを借りだと思っているのだろうか。真面目な彼女はその借りを早く返したくて仕方がないのかもしれない。

いやでも、俺は貸し借りとかないと思っているんだけどな。だってあんなことされたわけだし……。甘美な感触を思い出しそうになって、慌てて頭を振った。

ていうか普通に教室で話しかけてくるなよ。ほら、友達が心配してんぞ。彼氏くんの目が怖いことになってるし。

白鳥はそういうのを気にする性質《たち》じゃないのはわかっているが、悪いうわさはないに越したことはないだろう。俺は小声で注意した。

「教室であまり話しかけてくるな。俺なんかと一緒にいるとクラスの連中の印象が悪くなるぞ」

「別に気にしないわ。むしろ郷田くんにそんなことを気にする繊細な心があるのが驚きね」

「オブラートに包めよ。その繊細な心が傷ついたらどうすんだ」

「安心して。その時は私が慰めてあげるわよ」

白鳥は悪戯《いたずら》っ子《こ》のように笑っていた。

その顔が昨日の感触を想起させて……。俺は彼女から顔を逸らした。

「じゃなくてだな。勉強はまた今度教えてくれ。教室だと目立つから別の場所で頼む」

これで白鳥が俺に抱いている借りってやつはチャラになるはずだ。そうすれば彼氏に一《いち》途《ず》な彼女が戻ってくるだろう。

「わかったわ。……二人きりになれる場所がいいわよね」

「そうだな。あまり人に見られると面倒だろ」

教室がダメとなると、図書室なんかが良いのか？　その時に人がどれだけいるかにもよるが、学校で勉強するとなればそんなところだろう。

「うん。都合つけたら連絡するわ。だから郷田くん、連絡先を教えてちょうだい♪」

「えー……」

「何よその嫌そうな顔は？　郷田くんが可愛《かわい》いと思っている私の連絡先、知りたくないの？」

「別に知りたくはないんだよなぁ」

つい本音をポロリした瞬間、ピシッと白鳥のこめかみに青筋が立った。

「郷田くん、昨日のこと……クラスのみんなに言いふらしてもいいのよ？」

「いきなりの脅し!?」

昨日のことを知られて、困るのは白鳥のはずだ。

だがしかし、事実が正しく伝わる保証はない。下手《へた》をすれば俺が白鳥を無理やりラブホテルに連れ込んだ、なんてうわさが流れるかもしれない。教室での感じを見ていれば、むしろそっちの可能性が高い気がした。

これからまっとうに生きると決めた俺にとって、これ以上のマイナスイメージは避けたかった。

「……わかった。連絡先を、教えよう」

俺はがっくりと肩を落として敗北宣言をした。最近の若者は怖いよ。

スマホを出してＩＤ交換をしていると、隣の席の氷室が帰ってきた。

「っ⁉」

氷室は俺たちを見てぎょっとしていた。まあ不良と優等生という珍しい組み合わせだからな。

「ありがとう郷田くん♪　また連絡するわね」

「おう。期待せずに待ってるぞ」

このやり取りの後、すぐに次の授業の始まりを告げるチャイムが鳴った。氷室は授業が始まっても俺を凝視していたが、俺は先生の話に集中していた。

氷室の視線をいなしながら授業に取り組む。この学校の学力レベルがどれくらいなのかと心配していたものだが、なんとか授業についていけそうで安心する。

そんなこんなで昼休み。学生にとって憩いの時間である。

しかし俺は郷田晃生だ。つまり昼休みはぼっち飯確定。白鳥に声をかければなんとかなるかもしれないが、そんなこと彼氏くんとクラスメイトが許さないだろう。俺も原作メインヒロインとは必要以上に仲良くなるべきじゃないと思うし。

「とりあえず髪を黒く染めるか？」

郷田晃生のイメージを変えるためにも、まずは外見をどうにかしなければならないだろう。

今後の自分をどうするか。髪を触りながら考える。逆立った髪がチクチクするなぁ。

「考えるのは後だ。貴重な昼休みが終わっちまう」

教室を出てトイレへと向かう。

トイレでぼっち飯を食べる……なんてことでは断じてない。ずっと我慢していた尿意を解消するだけだ。

「晃生、ちょっといい？」

用を足してトイレを出ると、氷室が壁に寄りかかって待ち伏せしていた。

氷室は昼休みになってすぐに教室を出て行ったもんだから、こんなところにいるとは思っていなかった。顔には出なかっただろうが、けっこうびっくりした。

「改まってなんだよ。何か用か？」

「まあね。教室で話せることじゃないし、ついて来てよ」

金髪サイドテール女子について行くと、人気《ひとけ》のない校舎の教室に着いた。

ここは郷田晃生が溜《た》まり場にしている空き教室だ。鍵が壊れているのを良いことに、授業をサボる時なんかによく利用されている。

原作では白鳥日葵を辱める場所としても使われていた。それどころか他ヒロインも……。氷室羽彩もその犠牲者の一人だった。

もちろん今の俺にそんなことをするつもりはない。これからは授業を真面目《まじめ》に受けるから、使う予定のない場所だったんだがな。

「ねえ晃生……。もしかして白鳥を食ったの？」

振り向いた氷室は真《ま》っ直《す》ぐに俺を見つめながら、そんなことを尋ねてきた。

「食ったとはいきなりだな」

「だって朝一緒だったじゃん。白鳥もなんか晃生に馴《な》れ馴れしいし……。さっきなんか連絡先交換してたんだし、そう思われたって仕方なくない？」

「あいつにとってはあれが普通なんだろ。白鳥に無視されたことなかったしな。連絡先だって、元々俺以外のクラス全員知っていたはずだ。お前だってクラス替えした最初の頃に

「そ、それはそう、だけど……」

俺の人格が表に出る前から、郷田晃生が悪いことをする度に白鳥は注意してくれていた。学内ではそれほど悪いことをしてこなかったとはいえ、けっこう危ないとは思う。教師含めてみんなが無視する中で、彼女だけは見なかったことにはしなかった。

まあその結果、原作で白鳥日葵は襲われてしまうわけなんだけどな。正しいことをしているのは認めるが、無闇に危険人物に近づくものではない。

「別に責めてるわけじゃないし……。アタシにそんな権利ないってわかってるから……ただ、この学校でアタシ以外の女子としゃべってんのが、なんつーか……違和感、みたいな？」

「あん？」

「ちょっ、だから責めてるわけじゃないんだってばっ。そ、そんな目で見ないでよ……」

氷室はわたわたと手を振る。いや、別に睨《にら》んだわけじゃないですよ？

そういえば、氷室羽彩ってどんな女の子だっけか？

原作での彼女は郷田晃生の不良仲間。物語において都合の良い存在で、ヒロインを襲うイベントは、大抵氷室が目当ての女子に話しかけるところから始まる。

氷室自身、処女を晃生に奪われる。展開的にもついでって感じで、そういうところでも都合の良い女の子だった。

原作を読んでいた時はエロ展開を円滑に進めるためだけの便利キャラだとか、普段着がエロいお色気キャラだとか思っていた。でも、これが現実だと考えると変だよなぁ。いくら不良仲間だっていっても、さすがに犯罪の片棒を担いで忌避感も何もないってことはないだろう。

なのに手を貸すどころか、自分が被害に遭っても喜んでいるような描写さえあった。その反応含めて、都合の良い女扱いだった。「不良は頭のネジ外れてんなぁ」って感想を抱いていたけど、本当はそうじゃないのかもしれない。

だって、今の氷室の表情は心配の感情がはっきり見えているから。笑ってなんでもやってくれる便利キャラと考えるのは、彼女の感情を無視することになってしまう。

「朝言っただろ。俺はまっとうに生きるんだって。だから、これからはその辺の女を適当に引っかけて食うとか、そういうことはやめるんだ」

「それって白鳥に影響されたってこと？」

「だから違うって」

頭をがしがしかく。郷田晃生がそういうことをやってきた過去がある以上、真面目になるって言ったって簡単には信じてもらえないか。

「俺は青春ってやつを送ってみたいんだよ。ただの高校生として、普通のな。それは俺自身が思いついたことであって、白鳥は関係ねえよ。もしあいつが俺と仲良くしたいってんなら、きっと俺の生き方が変わったって気づいたんじゃねえかな」

白鳥とラブホに行った件はなかった。そんな事実は一切ありません。だから俺が今言ったことがすべてである。

「青春……」

氷室は笑わなかった。今までと違いすぎる俺の言動に脳の処理が追いついていないのだろう。

「あ、あのさっ」

「ん？」

「晃生がまっとうになったとして……その隣にアタシがいても、いいのかな？」

氷室は不安そうにしていた。迷子になった小さい子供のような、そんな頼りなさがあった。

仲が良いと思っていた不良仲間が急に真面目宣言をしたら、不安にもなるか。クラスで他にも同系統の仲間がいればここまで不安にならないのだろうが、今俺が抜けてしまえば下手《へた》したらぼっちである。

「もちろんだ。氷室は友達だからな」

「友達……」

白鳥日葵はエロ漫画のヒロインで、俺にそのつもりがなくても何かの誤解で寝取り判定されたらと思うと、あまり仲良くしたくない女子だ。

けれど、氷室羽彩は元々郷田晃生の友人だ。晃生はともかく、彼女に関しては物語が始まるまでこれといった問題は起こしていなかったはずだ。

だったら氷室と仲良くする分には問題ないだろう。むしろ、教室での俺の扱いを考えると、氷室がいなければまともに話しかけられる奴《やつ》がいなくなってしまう。

「わかった。アタシはわかってあげられる女だからね。晃生がまっとうになりたいってんなら、尊重してあげる」

「おう、ありがとよ」

氷室は不安の表情から一転、明るく笑った。なんだか妹に「しょうがないなぁ」とでも言われているようで、気づけば彼女の頭を撫《な》でていた。

「ふぇ？　あ、晃生？」

「ああ、すまん。妹みたいで可愛かったからつい、な」

「か、かわっ⁉」

氷室の顔が真っ赤になった。さすがに妹扱いなんかしたら怒るに決まっているか。

彼女の頭から手を離した時だった。腹がぐぅと音を鳴らす。

「腹減ったな。昼飯食いに行こうぜ」

「あっ、すっかり忘れてた」

昼休みなのに昼飯を忘れるもんなのか？

そんな疑問も一瞬のこと。昼休みの終了を告げるチャイムの音で、俺たちは凍りついた。

「……」

「……」

「おい氷室。昼飯を食いそびれたんだが？」

「ご、ごめんなさ――い！」

俺たちは午後の授業を飯抜きで受けるはめになったのであった。

◆　◆　◆

私のクラスメイトに、郷田晃生くんという男の子がいる。

外見は髪を真っ赤に染めていて、長身で筋肉質の体躯《たいく》。それだけでも威圧感たっぷりなのに、高校生とは思えないほど強面《こわもて》で、みんなが彼を恐れていた。

恐れられているのは彼の外見だけが原因じゃない。それ以上の悪いうわさが、郷田晃生という男の子のイメージを固めてしまっていた。

曰《いわ》く、他校の不良集団を一人で壊滅させた。曰く、夜の街に繰り出しては女を食いまくっている。曰く、闇の組織に所属して犯罪に手を染めているなど……。嘘《うそ》か本当かわからないようなうわさが、郷田晃生という一人の男子像を作っていた。

「もしうわさが本当なら、今頃私は……」

この無垢《むく》な身体《からだ》は汚《けが》されていただろう。あのたくましい腕に押さえつけられては、きっと抵抗できなかったはずだから。

夜になると思い出してしまう。ベッドに横になれば、より一層あの時の光景が蘇《よみがえ》ってくる。

私の裸体を前にしても、まったく動揺しなかった郷田くん。でもしっかり興奮してくれていて、自分でも驚くほどに女の喜びを感じていた。

「男の子のあれが、あんなことになっても……郷田くんは理性を保っていたわ」

少なくとも、みんながうわさするような野獣ではない。厚めの生地のズボンを突き破りそうなほど興奮していたにもかかわらず……それでもなお、私を励ましてくれるだけの優しさを持っていた。

「純平くんとは真逆ね」

野坂純平くん。私の幼馴染《おさななじみ》の男の子だ。

幼い頃から一緒に遊んでいた男の子。幼稚園から現在に至るまでずっと一緒で、必然的に一番接することの多い男子が彼だった。

血の繋《つな》がらない弟。純平くんの印象を問われれば、そう答えることが多かった。

だからこそ、高校に入学してすぐに純平くんに告白された時はものすごく驚いた。

それと同時に、納得もしていた。

いつかは誰かと付き合うのだろうと漠然と考えていた。最初が純平くんなら、まあいいかと思えた。弟みたいに一緒の時間を過ごしてきた幼馴染が、悪い人ではないと知っているつもりだったから。

「男の子の中で一番優しいと思っていたのに……。純平くんにあんなこと言われるなんて予想していなかったわ」

周りは初めてを済ませた人がそれなりにいた。私も彼氏がいるからと、楽観的に考えていたところがある。

なのに、いざ初体験を迎えようとして、純平くんから「おっぱい大きい女の子が苦手」と言われて頭が真っ白になった。

その発言を肯定するかのように、彼の男の子の象徴がまったく反応していなかった。

この事実は私の女としての魅力を否定されたようで、プライドをひどく傷つけられた。

純平くんはいつも情欲に満ちた目で私の身体を見ていたのに、あれはなんだったのかと問《と》い質《ただ》したかった。

「冷静になった今ならわかるけれど……」

調べてみると、男の子の中には初体験で緊張して反応しないことがあるらしい。

わかっていれば動揺せずにいられる。けれど、あの時の純平くんは焦ったのだろう。そして、私に向かって心にもないことを口にした。

「でもわかっていても、傷つくことに変わりはないわ」

胸を押さえれば、柔らかい感触が返ってくる。我ながらよく成長したものだと思う。

男子の目を惹《ひ》き、女子から憧れの眼差《まなざ》しを向けられる身体。私は自分のスタイルに誇りを持っている。自分が美人だと自覚している。

自分が可愛《かわい》いと自覚しているからこそ、優等生であろうと努力した。

そうすればいらないやっかみを抱かれずに済む。傷つけられないで済む。自分が可愛いからこそ自身を守るのに一生懸命で、いざ傷つけられると必要以上の傷を負ってしまう。

「もし、郷田くんが私の彼氏だったらどうなっていたのかな？」

いけない妄想だ。彼氏がいるのに別の男を思うなんていけないことに決まっている。

それでも考えずにはいられなかった。乱暴者だと思っていたのに、覚悟して彼を誘ったのに、優しく諭されてしまった。

「郷田くん、あんなに顔を真っ赤にしちゃって……可愛かったなぁ♪」

「可愛い」と言われ慣れていたけれど、郷田くんにそう言われた時は新鮮な気持ちになれた。心の奥がじゅんと熱くなるような感覚があったほどに。

イメージと違いすぎて、郷田くんに興味を引かれてしまう。自分をさらけ出したから、彼にも同じところまで見せてほしくなった。

知りたい、知りたい、もっと郷田くんのことを知りたい。その気持ちが溢《あふ》れてきて、抗《あらが》うことができなかった。

「電話……してみようかな」

学校で一番の危険人物。そう認識されている彼の連絡先を聞くのを誰もが反対した。

それでも関係なかった。自分の気持ちには逆らえないのだから。

「氷室さんがいるし、早く行動した方がいいわね」

氷室さんが郷田くんに向ける目。その意味に気づかない人はいないだろう。いたとすれば、とんでもなく鈍感だ。

「だから、純平くんに……さよならしなきゃね」

初めて芽生えた気持ちを大切にしたい。きっと、純平くんだってわかってくれる。だって彼は私の幼馴染なのだから。

気持ちを整理しようと、ベッドの上で自分自身に触れる。熱いものを発散して、冷静になった頭で考えた結果、私の意思は変わらなかった。

「もしもし純平くん？　今、時間もらえるかな」

自分の気持ちに嘘をつかないように。そのために、私は純平くんに電話したのだった。

二章　悪役は知らないところで見直されている

青春を目指したい俺。しかし教室での状況を考えると、前途多難と言わざるを得ない。

相変わらず俺に対するクラスメイトのイメージは悪いようだった。笑顔を心掛けたり、雑用を引き受けたりと努力はしているのだが、彼ら彼女らの恐れが消える様子はない。むしろ何か企《たくら》んでいるんじゃないかと警戒されている様子。見た目は肉食獣だけど、中身は草食動物なんですけどね。

「氷室《ひむろ》ー。俺はどうすれば良いと思う？」

「むしろみんな余計に怖がってるっぽいもんね。晃生《あきお》の笑顔、アタシもちょっと怖いって思うし」

「え、マジで？」

「……ごめんね」

あ、謝るなよっ。それマジの反応だから。優しくない真実になっちゃってるから！

郷田《ごうだ》晃生の強面がいけないのだ。なんだよこの凶悪面は。俺だって一般人だったら顔を逸《そ》らしてるよ。

人間、見た目って本当に大事なんだな。転生したからこそ、その残酷な事実を思い知らされた。

「氷室は優しいな。こんな凶悪面の俺と仲良くしてくれてさ」

「アタシは別に、顔とか関係ないし……」

照れているギャルってのも可愛いな。原作では郷田晃生の命令に逆らえなかっただけで、根は悪い子じゃないのかもしれない。

「よっこいしょ」

「晃生ジジ臭ぁーい。どっか行くの？」

「ちょっとトイレ」

休憩時間が終わりそうな時に尿意を催すのってなんなんだろうね？　自分の膀胱《ぼうこう》ながらタイミングを考えてもらいたい。おかげで早歩きでトイレに向かうことになった。

「あ」

トイレに入ろうとしたら、ちょうど出てくる男子とばったり。もちろん運命の出会いでもなんでもないので、ぶつからないように互いに立ち止まる。

「ど、ども」

「おう」

なぜか会釈してから横を通り過ぎる男子。でもその気持ちはわかるぞ。不良に遭遇するととりあえず頭下げちゃうよね。マジでごめん。

「というかさっきの……」

横を通り過ぎたのはクラスメイトの男子だった。俺が一番扱いを気をつけている男子でもある。

野坂純平《のさかじゅんぺい》。原作主人公で、寝取られる男。常に可哀《かわい》そうな状況に立たされ、作中での絶望顔は印象的だった。

漫画でわかっているつもりだったけど、なんの特徴もない中肉中背の男子だ。ああやっていきなり遭遇すると一瞬誰かわからない程度には特徴らしい特徴のない男である。

「安心しろよ。お前が不幸になる展開はねえから」

小さく呟《つぶや》いてからトイレに入った。野坂の目が赤くなっていたのが気になったけど、何かゴミでも入って目を洗っていたのかもな。

トイレや風呂の度に自分が竿《さお》役なのだと自覚させられるが、少なくとも他人の彼女を寝取るために使おうって気はない。

ここはエロ漫画の世界だ。けれど、今は確かな現実世界だ。空想ならともかく、現実だと限度ってもんがある。

「ただ、発散する方法を考えないとな……」

ここが現実だとしても、俺が郷田晃生というエロ漫画の竿役には違いない。

竿役だけあって精力が強いのだろう。気を抜いたら股の間にぶら下がっているモノが大きくなって困る。トイレだけでも大変なほどに。

自分で処理するだけでは収まり切らないほどの欲望が溜《た》まっていく感覚。臨界点を超えてしまえば、俺の意思とは関係なく暴走してしまうのではと恐怖を覚える。

「これ、世界の意思とかじゃないだろうな？」

原作の流れに戻るように。そんな神の手が伸びているのではと邪推してしまう。転生している以上、そうではないと言い切れない。

そう思うほどに、獣欲が暴れ始めているのを感じていた。

「頼むぜ息子。暴れん坊になってくれるなよ」

言い聞かせてもしょうがないんだろうが、願わずにはいられなかった。リアルで寝取り野郎になってしまったら、俺はまともに外を歩けるかどうか自信がない。

「あっ、郷田くん」

「白鳥《しらとり》？」

トイレから出ると白鳥に遭遇した。下半身事情を考えると嫌なタイミングである。

「何よ。私と顔を合わせるのが嫌なの？」

「そんなこと言ってねえだろうが」

「顔に出ていたわよ」

「……マジか」

凶悪面のくせに隠し事もできないのか。ポーカーフェイスってやつを学んだ方がいいのかもしれない。

ため息を押し殺して教室へと戻る。当たり前のように、白鳥が俺の隣を歩く。

「おい」

「何？」

「なんで隣を歩くんだよ？」

「同じ教室なのだから当たり前でしょ。それとも何？　私だけ別のところから行けって言うの？」

そう言われると何も言い返せない。教室までそんなに離れてないし、しょうがないのか？

相変わらず俺とまともに会話ができるのは氷室と白鳥だけだった。

氷室は友達だから良いのだが、白鳥は別だ。原作の修正力が働いて間違いが起こってもおかしくない。下半身の制御が利かなくなるのではと危惧している今、一緒にいるだけで不安だった。

　今だって腕が触れ合うだけでドキドキする。男を誘うような匂いを発しているし、チラチラと俺をうかがう様子があざと可愛い。制服越しでもわかるほどの肉感的な身体《からだ》は理性を焼き切りそうで、真《ま》っ直《す》ぐ彼女を見られなかった。

　エロ漫画のメインヒロインは伊達《だて》じゃない。やはり安全策を取って、白鳥日葵《ひまり》とは距離を取るべきだろう。

「ねえ郷田くん」

「なんだ？」

　内心でドキリとしながら、平静を装った。下心が顔に出てやしないかと不安が膨らむ。

「後で話があるから。少し時間をちょうだいね」

「え？　ちょっ」

　それだけ言って白鳥は先に教室に入ってしまった。クラスメイトの目を思うと追及はできない。

「なんなんだよ……」

　ため息をつきたい気分だ。白鳥が何を考えているのかわからない。不良生徒に構ってばかりいたって仕方がないだろうに。

チャイムが鳴る前に席に着く。そんな俺に注がれる強烈な視線。目立つから見られるのは仕方がないかと、違和感を覚えながらも気にしないフリをした。

昼休み。「話がある」という白鳥に連れられて、屋上で二人きりになっていた。ちゃんと昼飯は食った後なので、腹の虫はぐっすりお休み中である。

学園ものの屋上って高確率で開放されているよな。前世の高校は立ち入り禁止にされていたので、ちょっと新鮮な気分になれた。景色が良いなー、風が気持ち良いなー。

うん、満足した。……もう戻ってもいいかな？

「勉強を教える件だけれど、私の家でも良いわよね？」

「よろしくありません」

白鳥はなぜか胸を張って自信満々に提案してきた。間髪を容《い》れずにお断りすると、信じられないとばかりに目を見開いていた。

「な、なんで……。私の家よ？　郷田くんが可愛《かわい》いと認める私の家に来れるのよ？　こんなチャンスに飛びつかないなんて信じられないわ」

こいつは自分をアイドルか何かとでも思っているのか？　急に見せられた大層な自信にドン引きである。

「信じられないのはこっちだ。年頃の女子が親しくもない男子を家に上げるかよ。常識を考えろ、常識を」

「郷田くんに常識を説かれるなんて、ものすごくショックだわ……」

胸を押さえてよろよろとふらつく白鳥。ショックを受けたことを表現したいんだろうが、手で押さえられたお胸が大変なことになっている。年頃の男子にとっては目の毒でしかない光景だ。

強力な磁力でもあるのか、視線が吸い寄せられてしまう。それを歯を食いしばって耐える。

「勉強を教えてくれるのはありがたいけど、別に白鳥の家じゃなくてもいいだろ。図書室とか、他にまともな候補があるだろうよ」

こちとらあまりメインヒロインと距離を縮めたくはないのだ。白鳥が俺に抱いている借りを返すまでは構わないが、それで誤解されるような事態になっては大変だ。

「図書室だと人の目があるわよ」

「そんなに多くはないだろ？　ちょっと勉強を教えてもらうくらいならそこで良いんじゃないか」

「郷田くんは学校の図書室を利用したことがあるの？」

「いや、ないけど」

郷田晃生の記憶でも図書室に行ったことはないようだった。図書室と不良ってイメージに合わないもんな。

白鳥はふぅとため息をついて、やれやれと頭を振った。その態度にちょっとイラッとした。

「もうすぐ中間考査があるでしょう。図書室で勉強する生徒はけっこういるのよ。そんなところに郷田くんが現れれば、勉学に励むみんなの迷惑になるわ」

ひどい言いようである。しかし否定もできないのが、郷田晃生という存在の有害さだ。

それにしてもやはり図書室は人気の学習スポットだったか。不良のいる学校だけど、真面目《まじめ》な生徒が多いんだろうね。

「じゃあテストが終わった後でいいよ」

「は？　何を言っているの郷田くん。テストに対するやる気が感じられないのだけれど？」

白鳥が笑顔で圧をかけてきた。笑顔は威嚇なんだって、何かで聞いた気がするなぁ。

というか説教された。「もっと将来を考えて」だとか「コツコツがんばらないと、きっと後悔するわ」だとか言われてしまった。お前は俺のオカンかよ。

……言い直そう。とても優等生らしいお言葉をいただいた。本物の郷田晃生には馬の耳に念仏と言いたいところだが、彼女の言葉を聞いているのは俺だ。

「はい、がんばって勉強に取り組みます……」

「よろしい」

寝取り野郎の胆力を持たない俺は、白鳥の圧力に屈した。それを見た彼女は満足そうに笑う。笑顔の種類って意外と多いんだなぁ。

まあ転生して初めてのテストに不安がなかったといえば嘘《うそ》になる。

俺の不安を解消するのと同時に、白鳥が引っかかっている借りとやらを返させる。一石二鳥と思えば、提案に乗ること自体は悪い選択じゃない。

ただ、やっぱり白鳥の家に行くのは抵抗がある。これを本当にチャンスだと思うなら、俺はとっくに悪役寝取り野郎として生きる道を選んでいた。

「そもそも彼氏がいるくせに他の男を家に上げても良いのかよ？」

「純平くんのこと？　彼とは別れたわよ」

「……は？」

白鳥があまりにもあっさりしたものだから、一瞬聞き違いかと思った。

おい、ちょっと待て。けっこうな爆弾発言を耳にした気がするんだけど？

俺の焦る内心を肯定するかのように白鳥は続ける。

「純平くんとの関係は、元々断り切れなくて流されてしまっただけだから。自分の心と向き合うためにも、一度関係をリセットしようと思ったの」

「いや、でも……嫌いじゃないんだろ？」

「幼馴染《おさななじみ》だもの。嫌ってなんかいないわ。ただ、私も思うところがあったのも事実よ。私の本当の気持ちを確かめるためにも、純平くんとは距離を置いた方が良いと思った。それだけよ」

おいおいおいおいおい!?　俺の知らないところで原作乖離《かいり》起こっているんですけど？

白鳥日葵は、もっと野坂純平に対して一途《いちず》だったはずなんだが……。原作では郷田晃生にピー（自主規制）されても、その一途な気持ちはなかなか折れなかった。だからこそ心が屈した時はものすごい衝撃を受けたものである。

もちろんこれが現実である以上、原作通りに進むとも言い切れない。だがしかし、彼女の心情の変化が俺のせいだとしたら、さすがに責任を感じてしまう。

「もしかして、俺のせいか？」

「……そんなことないわ。だから郷田くんがそんな顔しないでよ」

俺がどんな顔しているってんだよ。何かを耐えるような顔をしている白鳥が言うなよ。

「私と純平くんのことはいいじゃない。それよりも郷田くんのことよ。これから中間考査まで一緒に勉強をがんばるわよ」

「お、おう」

流されるまま返事してしまった。押しに弱い自分が憎らしい。

だけど、このまま流されてばかりもいられない。

白鳥が現在フリーだということは、二人きりになったら間違いが起こってもおかしくないってことだ。最近下半身が暴走気味になっているし、俺の意思で抑え切れるかは微妙だ。

「白鳥、お前の家で勉強を教わるのに、一つだけ条件がある」

主導権を引き寄せるために、俺は彼女に一つの提案を口にした。

◇◇◇

確か原作開始は高二の夏休み前。郷田晃生に襲われた白鳥日葵は弱味《よわみ》を握られ、夏休みの間にじっくり堕《お》とされていく、という展開だったはずだ。

現在は高二の五月。原作開始までまだ間があったはずなのに、すでに白鳥と野坂の彼氏彼女の関係は解消されてしまっていた。

これでは寝取り展開になるわけがない。いや、寝取るつもりはなかったんだけど……。

俺が手を出さない限り、二人の恋がまっとうに成就すると考えていたのに。どうしてこうなった？

「「「「…………」」」」

放課後。場所は白鳥の家。もっと詳しく言えば白鳥日葵の自室である。

そこにいるのは男女四人。白鳥はもちろん、勉強を教わるという名目で俺。それから氷室と野坂がいた。

原作の役割でいえば、寝取られヒロインと寝取り悪役。それから主人公と悪役ヒロインというカオスなメンバーだ。それを知っている俺が和やかでいられるわけがない。

しかし、これは現実だ。実際は寝取り展開なんぞ発生していない。そもそも主人公カップルがすでに破局している。

それなら優等生に勉強を教わる不良二人と平凡な男子という組み合わせでしかない。うんうん、集まって勉強会するだなんて学生らしいよね。……考え方を変えたところでカオスなメンバーなのは同じなんだけども。

「ねえ晃生。なんでこんなところにアタシを呼んだわけ？」

俺の隣に座っている氷室が小声で尋ねてきた。ちなみに俺の右隣に氷室、対面に白鳥、その隣に野坂がいるという配置だ。

「優等生様が勉強を教えてくれるってんだ。そのチャンスのおすそ分けだよ」

「アタシが勉強できないって知ってんだよね？」

「できないとしないは違うだろ。それに赤点取ったら面倒だ。ちょっとくらい勉強しなきゃとは思うだろ？」

「ま、まあ。ちょっとくらいは……」

「どうせ一人じゃ何もしねえんだ。だったら一緒にやろうぜ」

「晃生と一緒に……。そ、そこまで言うなら仕方ないなぁ」

氷室は納得したようだ。エロ漫画だったからまともに勉強シーンがあったわけじゃないけど、郷田晃生の知識が氷室羽彩《はあや》をアホだと言っている。若い頃の勉強は大切だと思うんだよ、うん。

正面を見れば、白鳥が不機嫌そうに俺を睨《にら》んでいた。

その目は「どうしてこうなった？」と言っているようで。俺は居心地悪くなって目を逸《そ》らした。

氷室と野坂を勉強会に誘う。それが白鳥に出した俺の条件だった。

だって女子の部屋で二人きりとかあり得ねえだろ。下半身が暴走して責任取れない事態になったらどうする。エロ漫画設定がどう働くかわかったものではない。ただでさえ最近暴れん坊気味なんだから。

だから氷室と野坂を誘う提案をした。その二人くらいしか声をかけられないと思ったから。白鳥が「郷田くんって思っていたよりもヘタレ？　それともじらしているだけなの？」と聞き捨てならないことを呟《つぶや》いていたが、あえて無視した。

最悪どちらか一人でも良いと思っていた。氷室は俺が誘えば来てくれるだろうと考えていたが、野坂もあっさり了承してくれるとは予想していなかった。

野坂は白鳥と別れたばかり。だから気まずくて断るかもしれないと思っていた。けれど、俺が声をかけたのがかえって良かったのだろう。大好きな幼馴染の家に、悪いうわさの絶えない不良男子が上がり込もうとしている。男なら見て見ぬフリができない状況だ。

「よ、よし。それじゃあ試験勉強がんばろうぜ」

「……そうね」

とっても不機嫌そうに、白鳥が返事した。少しくらい表情を繕えよ。

表面上は穏やかに勉強会が始まった。野坂はずっと無言のままだが、勉強は真面目に取り組んでいるようだった。氷室もとくに不満を漏らすことなく、案外ちゃんとやっている。

「郷田くん、そこはこの公式を当てはめれば良いのよ」

「なるほど」

一緒に勉強してわかったことは、白鳥は本当に学力が高いということだ。

さすが優等生と言われているだけのことはある。質問をすればすぐにわかりやすく嚙《か》み砕《くだ》いて教えてくれる。

ちなみに野坂は平均くらいの学力かなといったところ。氷室は……ちょっとがんばらないと赤点の壁を越えられないかもしれないね。

郷田晃生の元々の学力は平均よりちょっと上くらいだ。あれだけ竿《さお》役としてハッスルしておいて、これくらいの学力があれば充分すぎるだろう。今は俺の知識もあるし、今回の中間考査くらいの範囲ならなんとかなりそうだ。

「あー、もうっ。疲れたぁ〜」

勉強を始めてから一時間半。ついに氷室が音を上げた。

氷室にしてはよくがんばった方だろう。テーブルに突っ伏す彼女の頭を撫《な》でて労《ねぎら》った。

「よくがんばって勉強したな。ここで休憩にしようか」

「晃生？　……えへへ、アタシがんばったでしょー」

ずっと集中してたから気が抜けたのだろう。氷室の表情が緩む。笑うとちょっと幼い感じになるんだな。

「っ！」

白鳥の目がちょっと怖い……。だらけるのは許さないってことですか？

「あー、やばっ。ねえ白鳥さん、トイレ借りてもいい？」

「え、ええ。階段を下りて右の突き当たりがトイレよ」

「ありがと」

氷室が部屋を出た。部屋に充満していた緊張が少し軽くなった気がする。白鳥の表情も少し緩む。

残されたのは俺と白鳥と野坂。カオスなメンバーという状況は変わらない。主に俺の存在のせいなんだけどね。

「野坂はわからないところとかなかったか？」

「え、俺？　うんまあ、少しだけ……」

「わからないところは白鳥先生が教えてくれるぞ」

「そ、そうかな」

野坂が横目で白鳥を見る。彼女は気づかないフリをしているのか、とくに反応しなかった。

これはすぐによりを戻すのは難しそうだな。よほど根に持っているのだろう。女心は繊細だ。

　でも、男心も繊細だってことをわかってほしい。落ち込む野坂を眺めていると、そう思わずにはいられない。

　何かフォローでもした方がいいかと口を開きかけた時だった。

「ねえ郷田くん。氷室さんって、もしかして郷田くんの彼女なの？」

　白鳥が俺を真《ま》っ直《す》ぐ見つめながら、そんなことを尋ねたのである。

「いきなりなんだよ」

「ただの興味本位よ。郷田くんって教室で氷室さんとしか話しているところを見たことがなかったから。もしかして恋人……なのかなって」

　郷田晃生にとって氷室羽彩はどんな存在か？

　原作では都合の良い従順な女という扱いだった。けれど今は違う。普通に笑い合える、
　俺の友達だ。

「氷室は俺の友達だ。それ以上でも以下でもない。こんな俺と仲良くしてくれる、すげえ良い奴《やつ》だよ」

　なので事実を答えた。

　俺は仕方がないにしても、氷室はクラスの連中と仲良くできるはずだ。せっかくだから

「すげえ良い奴」というところをアピールさせてもらった。

「そうなの？　じゃあ郷田くんは学校以外で彼女を作っているの？」

「彼女がいる前提なのかよ。俺にそんな上等な関係の奴はいないぞ」

これは嘘《うそ》ではない。郷田晃生自身、恋人という特別な関係を作ったことはない。

ただ、ワンナイトの関係だとか、セフレだとか……。期間の違いはあれど、大人の関係を持った女性はそれなりにいた。

「つまり……郷田くんは今フリーなのね」

白鳥の目が肉食獣のように光ったような？　いや、きっと気のせいだろう。気のせいだと言ってくれ！

……ラブホテルで悩みを聞いてやったせいで、白鳥が俺という男を勘違いしているみたいだ。

確かに俺は原作の郷田晃生のような寝取り最低野郎になるつもりはない。でもそれはまっとうに生きたいってだけで、クズにならない保証ではない。

「お、おい日葵。何聞いてんだよ」

最愛の幼《おさな》馴染《なじみ》が校内一の不良に気安く接するものだから焦ったのだろう。野坂が白鳥を止めようと声を発した。いいぞもっと言ってやれ。

「別に。ただの恋バナよ。高校生なんだから、人の恋愛事情は気になる話題じゃない」

「わ、わかるけど。相手を考えろよ。郷田が女をとっかえひっかえしていないわけがないだろ。言っていることだってどこまでが本当か……」

「本人の前でそういう話題はやめてくれる？」

「ヒッ……。ご、ごめんっ」

優しく言ったつもりなのに怯《おび》えられてしまった。声は割とイケボだと思うのに……。やはりこの凶悪面がいけないのか。

それに怒ってなんかいない。野坂の言う通りだしな。郷田晃生は女をとっかえひっかえして遊ぶような最低男である事実は確かなのだ。

「悪いな野坂。怯えさせるつもりじゃなかったんだ」

「いや、別に怯えてなんか……」

それなら目を逸らさないでほしいなー。目が合うと素直におしゃべりできない系の男子かな？

「ただ、最近思うところがあって自分を変えようとしているんだ。だからもう他人を雑に扱わない。そう決めただけだ」

「そ、そうか。郷田もいろいろ考えているんだな……」

野坂は興味がないのか居心地悪そうにしている。そりゃあ恐ろしい不良の身の上話なんぞ聞いても楽しくないよな。

話を打ち切ろうとした時、白鳥がずいと前のめりになった。

「つまり、次に彼女ができれば大切に扱うということね」

「あ、ああ……。そういうことになるな」

まともになろうとするからこそ彼女を作ることが難しくなったが。郷田晃生にとって他人の彼女を寝取ることは一種のコミュニケーションだったんじゃないのかと、そんな可能性を最近ちょっとだけ考えている。……だとしたら最低のコミュ障だな。

「そっかぁ……そうなんだー……」

白鳥が熱い吐息を漏らす。何かいけないスイッチを入れてしまっただろうか？　身の危険を感じて少しだけ彼女から距離を取る。

「たっだいまー！　あれ、何かあった？」

「いや、普通に雑談していただけだぞ」

氷室がトイレから戻ってきた。こいつのおかげでぎこちない空気が和らぐ。さっきとは逆の現象に、空気の入れ替えは大切なんだなと実感する。

「氷室さんも戻ってきたことだし、勉強を再開しましょうか」

「えー、もう少し休憩しても良くない？」

「ダメよ。試験勉強なのだからもっと集中してやらないと」

「ぶーぶー」

結局氷室は白鳥に押し切られて勉強を再開した。普段勉強しない子がよくがんばっていた。終わる頃にはグロッキーになるほどに。

◇　◇　◇

勉強会を終えて、俺たちは白鳥家を出た。

「じゃあ、俺の家こっちだから」

野坂は白鳥と幼馴染だけあって、家が近所だった。俺と氷室とはすぐに別れる。

「野坂、今日はありがとな」

「え？」

別れ際、俺は野坂に礼を言った。

「俺みたいな奴と一緒に勉強してくれて嬉《うれ》しかったぞ。クラスのみんなは俺を怖がっているからな。もしかしたら野坂は来ないんじゃないかって思っていたんだ。来てくれて本当にありがとう」

氷室にもだけど、本当に感謝している。もし白鳥と二人きりになってしまっていたら……。情けないけど、自制できなかったかもしれなかった。

お礼を口にする俺が意外すぎたのか、野坂は面食らったような顔をしていた。

目をパチパチと瞬かせて、口を半開きにしていた。それからはっとして、表情を引き締める。

「か、勘違いするなよなっ。俺は日葵を守るために来ただけだ。別に郷田と仲良くしようだとか……そんなつもりは一切ないんだからな！」

おおっ、なんというツンデレ。ツンデレっぽく聞こえるが、本当に白鳥のことが心配だっただけなのだろう。

振られたばかりだとしても、大好きな幼馴染を心配せずにはいられない。それほどに野坂の白鳥への気持ちは強いんだろうな。

「ああ、わかってる。野坂が白鳥を大切にする限り、俺はあいつに悪いことをしないよ」

「絶対だな。俺が傍《そば》にいれば、日葵に手を出さないんだな？」

「もちろんだ。だから絶対に守ってやれよ」

「言われるまでもない！」

野坂はバッと音がしそうな勢いで背を向けて走り去った。格好つけたのか、恥ずかしくなったのか、それは当人にしかわからない。

「へぇ、野坂って案外面白い奴だねー」

男同士のやり取りを黙って見ていた氷室が口を開いた。

「野坂は真《ま》っ直《す》ぐな奴なんだろうな。茶化《ちゃか》してやるなよ？」

「茶化さないってば。良いじゃん、はっきりと好きな子を守りたいって言える男子。アタシは好きだよ」

おおっ、さすがは本来の主人公だ。氷室に「好き」と言わせるとは、やはりモテる素養を持っているってことなんだろうな。

「ねえ晃生、話は変わるんだけど……これから晃生んち行ってもいい？」

「……俺、一人暮らしなんだよ」

「それで？」

「いや、だから男の一人暮らしの家に女子が来るのはまずいだろって話」

ダメな理由を言ったはずなのに、氷室はニヤニヤしていた。

「えー？　何がまずいのー？　アタシわかんなーい♪」

こいつ滅茶苦茶《めちゃくちゃ》ウゼェ……。郷田晃生が彼女をぞんざいに扱った理由、少しだけわかった気がした。

「まっ、冗談はこのくらいにして」

「冗談だったのかよ……」

「あれ、もしかして期待しちゃった？　本当に家に行ってもいいの？」

ウザ絡みされないようにスルーした。氷室はくすくす笑って俺の反応を楽しんでいるようだった。

「まあ、晃生が勉強がんばってるのに、アタシが今のまんまじゃいけないでしょ。今日のところは大人しく帰って、使いすぎた脳をリフレッシュしようかねー」

「普段使わない分、勉強しすぎてオーバーヒートしているかもな。帰ったら頭をよーく冷やしておくんだぞ」

「言ったなこいつー」

氷室が金髪の頭を俺の腹にぐりぐりと押しつけてきた。俺も「やったなこいつー」と言いながら彼女の頭をくしゃくしゃに撫《な》でる。

二人してバカ笑いする、ただそれだけのことがすごく楽しかった。

こういうくだらなくて、楽しい時間こそが青春っていうのかも。なんとなく、そんなことを思った。

◇◇◇

ただぼんやりと青春を噛《か》みしめている場合ではなかった。

「はぁ、はぁ、はぁ、はぁ……っ」

息が荒くなる。身体《からだ》が熱い。腹の奥で何かが暴れ回っているような感覚にとらわれる。

白鳥の甘い匂いのする部屋。あそこにいるだけで獣欲が刺激され続けていた。さらに氷室に身体を触れられて……もう限界だ。

下半身がムズムズする。それは段々と熱塊となって、いつ爆発してもおかしくなかった。

郷田晃生の意識は完全には死んでいなかった。ここまでの状態になって、やっとそのことを認識できた。

早く家に帰らないと……。意識が朦朧《もうろう》となりながらも、なんとか住んでいるアパートに辿《たど》り着く。

「あっ、お帰りなさい晃生くん」

俺の部屋のドアの前で、美しい青髪の美女が座り込んでいた。

よりによってこんな時に……っ。女の姿を目にした瞬間、カッと下腹部が燃えた気がし

た。

無意識に口元を歪《ゆが》める。この世界はどうしても郷田晃生を最低の男にしたいらしい。

「丁度いいところに来たぜ。早速相手をしてくれるよな？」

「いいよ。私も、そのつもりで来たから♡」

本能に流されるまま美女を部屋へと招き入れる。やはり、男女が部屋で二人きりになるという状況はまずかったのだ。

◇◇◇

ついカッとなってヤッてしまった……。この気持ちがわかる日がくるだなんて思ってもなかったよ。

「んっ……。晃生くんの、気持ち良かったぁー♡」

「そ、それは何よりだ……」

俺は青髪の美女と裸のままベッドの上で休憩していた。つまりその……お恥ずかしながら、事後なんですよね。

これは不可抗力というかなんというか。とにかく説明させてほしい。

白鳥の家で勉強会をした帰り道。郷田晃生の人格が表に出ようとしていたのか、溢《あふ》れんばかりの性欲が俺を支配した。

このままではその辺の女を捕まえてワンナイトしてしまうかもしれない。それほどに抗《あらが》いがたい欲望だった。

そうならないように急いでアパートに帰ったのだが、そんな俺を待ち構えていたのは青髪の美女だった。

彼女の名前は小山《こやま》エリカ。年上の大学生である。

原作ではその名前に憶《おぼ》えがなかったが、彼女の容姿には見覚えがあった。

セミロングの青髪に、垂れ目でおっとりとした印象の美貌。大人の色気を纏《まと》った巨乳は一見の価値がある。

エリカは原作で郷田晃生に食べられた女の一人である。回想シーンでしか登場していなかったが、メインヒロイン級の容姿で地味に人気があったのだ。

つまり本来彼女はモブキャラなのだ。とは言ってもここは現実だ。原作でモブだからといって、その人の人生がなくなっているわけじゃない。

実際にエリカとワンナイトした事実を、郷田晃生の記憶が証明している。快楽に溺れたからこそ、彼女は再び抱かれようと郷田晃生のもとにやって来たのだ。

「自分を止められなかった……。女性にひどいことしないって決めていたのになぁ……」

エリカに彼氏はいない。俺が転生する前からの関係ではあったし、今回だってわざわざ食べられに来たのは彼女の意思だ。

別に寝取ったわけではない。互いに了承しているなら、この肉体関係を責められる謂《いわ》れはないだろう。

「……」

それでも、最初に決めた自分の心を裏切ったことに変わりはない。いくら抑えられないほどの欲望に支配されていたとはいえ、どうにかならなかったのかと自分を責めてしまう。

「あれ、晃生くんは気持ち良くなかった?」

甘えるように、柔らかい肢体が俺の身体に絡みついてくる。

熱烈な抱擁。なのにエリカはおっとりとした表情を崩さなかった。

「いや、そんなことは」

「だよね。あんなに気持ち良さそうな顔して……晃生くん可愛《かわい》かったなぁ♡」

年上のお姉さんにいじられてとてつもない羞恥心が込み上げてくる。いや、前世を考えれば、精神的には俺の方が少しだけ年上なんですけどね。

「じゃあ悩み事かな? それならエリカお姉ちゃんが聞いてあげる」

顔のラインを手のひらでなぞられる。なんだろうこのゾクゾクする感じは？　ちょっと癖になりそうだ。

エリカの熱い吐息が顔に当たる。何か言わないと。そういう気持ちが強くなって自然と口が開いた。

「その……俺は今自分を変えようとしていて。女性を雑に扱わないって決めていたのに、こうやってまた身勝手な欲望をぶつけてしまったというか……。なんて言えばいいのかわからないけど、こんなことしちゃダメだと思ってて。だからエリカがすごく良かったからこそ後悔しているんだ」

ぽつぽつと、今の気持ちを正直に話した。

上手《うま》くまとめられていない話なのに、エリカは黙って聞いてくれた。俺が話し終わると、よしよしと頭を撫でてくれる。

「そっか。晃生くんは優しくなろうとしているんだね」

エリカに抱きしめられる。彼女の豊満な胸に顔を埋《うず》める格好になった。

大きくて柔らかい膨らみに包まれながら目をつぶる。安心感を覚えていると、穏やかな優しい声が降ってきた。

「人間はそう簡単じゃないよ。理屈だけで動く生き物じゃないからね。いきなり感情を全部切り離すなんて、できっこないんだから」

「そうかな」

「そうだよ。例えば私を見てごらん。本当は晃生くんみたいな悪そうな人に関わらない方がいいってわかっているのに、一夜の過ちを忘れられなくてここに来ちゃったの」

エリカの声色は悪戯《いたずら》っ子《こ》のようでありながら、優しさに満ち溢《あふ》れていた。そんな彼女に身を委ねていく。

「それは悪い子だな」

「そう、ダメだとわかっていても悪い子になっちゃうものなのよ。でも、ずっと悪いことをするわけじゃない。たぶん晃生くんも同じよ」

段々とまどろみに包まれていく。倦怠感《けんたいかん》もあったが、エリカの言葉が俺の心を解きほぐしてくれるようだった。

「少なくとも私は今日晃生くんに会いに来て良かったと思っているよ。他人を傷つけないようにする気持ちは立派だけれど、大事なのはその相手がどう感じているかじゃないかな?」

額に唇を押し当てられる。それは母親が子供にするような温かみのあるキスのようだった。

「自分勝手に後悔なんかしちゃダメだよ。一人でする後悔って、けっこう的外れのことが多いからね。ちゃんと周りを見て、みんながどう思っているのか考えてあげて。きっと、それが優しくなるってことだから」

「うん……わかった」

温《ぬく》もりに包まれる。心も身体も楽になって、気持ち良く眠れる気がした。

「……それを私に気づかせてくれたのは晃生くんなんだけどね。ふふっ、大人っぽい人かと思っていたけれど、やっぱり年下なのね」

いつの間にか下腹部の熱は引いていた。代わりに心地のよい温もりが全身に巡っていく。

「ありがとう晃生くん。今夜のあなたを見て、私はいつまでも甘えてられないとわかったわ。それよりももっと甘えてほしい……。ふふっ、何言っちゃってるのかな？　……おやすみなさい」

俺の意識は深いところへと落ちていった。そこは温かくて甘い、とても気持ちの良いところだった。

◆◆◆

郷田晃生はどんな奴《やつ》かと尋ねられたら、俺は迷わず「危険人物です」と答えるだろう。学校でも有名な不良。悪いうわさが絶えない男子で、その凶悪な顔とガタイの良さもあってかみんなから恐れられていた。

そんな郷田と、二年に進級したクラス替えで同じクラスになった。

「うわっ、マジかよ……」

それを知った時の感想がこれだ。道端で犬の糞《ふん》を踏んだ時の何百倍も気分が悪い。それは俺だけじゃなく、郷田と同じクラスになってしまった全員が思うところだろう。

「今年も純平くんと同じクラスね。うふふ、一緒になれて良かったわ」

「あ、ああ。俺も日葵と同じクラスになれて嬉《うれ》しいよ」

このクラス替えで唯一良かったことと言えば、幼馴染《おさななじみ》の日葵と一緒のクラスになれたことだった。

日葵は可愛くて頭が良くてスタイルも抜群だ。幼い頃はただの遊び相手くらいにしか思っていなかったけど、成長するにつれて美しくなる彼女に、俺はいつしか恋していた。

そして、高校生になった今ではただの幼馴染の関係には収まっていなかった。

「なあ日葵、今度デートしよう」

「うん、良いわよ」

俺たちは恋人同士になっていた。幼い頃から抱いていた想《おも》いが成就したのだ。日葵も、俺と同じ気持ちだったのだろう。

何度もデートを重ね、恋人としての距離を縮めていた。仲を深めた男女が行き着く先は、年頃を考えれば決まっているだろう……。

「よし、今度日葵を部屋に誘って……俺も大人になってやる！」

そうやって一人でこっそりと決意している時だった。

「オイ、邪魔だ。どけ」

「あっ、ご、ごめん」

人に道を譲るという思いやりが一かけらもないのだろう。我がもの顔で廊下を歩く郷田を、俺は端に寄って避けた。

郷田さえいなければ最高のクラスだったのに。あいつが傍若無人に振る舞う姿を見ていると、せっかくの決意に水をさされたような嫌な気分になった。

けれど日葵がいれば嫌なことなんて全部忘れさせてくれる。彼女と一つになればもっと……。

そうして、期待を膨らませて日葵を部屋に誘った。

「う、うん……。わかったわ……純平くんの部屋に、行くわ……」

頷《うなず》く日葵は俺の目的に気づいたのだろう。嫌がらなかったということは最後までしていいと解釈した。

——互いに求めていて、日葵と一つになって最高の日になるはずだったのに、どうしてこうなった？

俺は絶望にのたうち回っていた。

失敗した失敗した失敗した失敗した失敗した——っ!!

日葵を俺の部屋に誘って、初体験を試みた。だがこんな時に限ってムスコの調子がすこぶる悪かった。

いつもは元気すぎるほどだってのに……。この重要な本番でピクリとも反応しないだなんて思ってもいなかった。まさかの事態に焦ってしまい、

「あ、俺おっぱい大きい女の子が苦手なんだ」

結果、苦し紛れにそんなことを口にしていた。

嘘《うそ》にもほどがある。本当は大きいおっぱいが大好きだ。だから日葵のメリハリのあるスタイルが最高だと思っている。その証拠に、数え切れないほど日葵をオカズにしてきたのだから。

やってしまった……。こんなこと言うつもりなんかなかったのにっ。そう思っても後の祭り。

「そっか……。ごめんね、私の胸が大きいせいで……。純平くん、その気になれないわよね……」

涙で頬《ほお》を濡《ぬ》らしながらも、日葵は俺を責めることはなかった。

それがより一層俺の罪悪感を刺激して、どう慰めればいいのかわからなくて、俺は何もできなかった。

——それが、そんなにもいけなかったのか？

日葵は外見も素晴らしいが、中身も優しくて思いやりのある女の子だ。

「私たち別れましょう。今は少し距離を置いた方がお互い冷静になれると思うの」

まさかそんな優しい日葵から別れを告げられるなんて思いもしなかった。俺にとってはあまりにも突然なことで、頭が真っ白になってしまった。

どうしてこうなった？　いや、初体験を失敗したことが原因だとわかっているんだ。あの時のことは思い出したくなくて、触れないようにしていた。それで接し方がぎこちなくなってしまった。

たぶん俺のそんな態度を感じ取ったからこそ、日葵は別れを切り出したのだろう。彼女は俺の些細《ささい》な変化にも気づいてしまう。だからこそ距離を取った方が良いと判断したのだろう。

時間が経《た》つにつれて、日葵の思いやりが染みてくる。

「情けないな……」

日葵に気を遣わせてしまった。別れを告げられるまでそんなことにも気づかなかった自分に腹が立つ。

せっかく落ち着くための時間をもらったんだ。ムスコとしっかり相談して、今度こそ初体験を成功させるために緊張に打ち勝とう。

――そう思った矢先のことだった。

「よう野坂。白鳥の家で勉強会しようって話になったんだが、お前も一緒にやらないか？」

なんで郷田が日葵の家に行くって話になっているんだ？

信じられなかった。だって相手はあの郷田だ。見境なく女を食っているってうわさの不良なのだ。

日葵だって知らないわけじゃないだろう。でも優しい日葵なら不良に手を差し伸べてもおかしくないとも思えた。あいつは優しいから。幼馴染だからこそわかってしまうのだ。

「い、行く！」

とにかく日葵を守らなければと思った。俺がいれば、郷田だって簡単には日葵に手を出せないはずだ。

……そんな俺の心配は杞憂《きゆう》だった。思いのほか勉強会は和やかに終わったからである。

日葵の家を出て、郷田たちと別れ際のことだった。

「野坂、今日はありがとな」

いきなり郷田に礼を言われて面食らった。人に感謝する奴とは思いもしなかったから。

「俺みたいな奴と一緒に勉強してくれて嬉しかったぞ。クラスのみんなは俺を怖がっているからな。もしかしたら野坂は来ないんじゃないかって思っていたんだ。来てくれて本当にありがとう」

郷田らしくない言葉の数々。本当に郷田か？　信じられない気持ちがあったけれど、そもそもまともに言葉を交わすこと自体あまりなかった。

「ああ、わかってる。野坂が白鳥を大切にする限り、俺はあいつに悪いことをしないよ」

「絶対だな。俺が傍《そば》にいれば、日葵に手を出さないんだな？」

「もちろんだ。だから絶対に守ってやれよ」

「言われるまでもない！」

話の流れでこんなことを言ってしまった。

郷田相手にあんなこと言って大丈夫だったのかという不安。それにも増して気恥ずかしさが顔を熱くさせて、俺は走り去ってしまった。

でも、あいつのおかげで日葵への気持ちを再確認できた。

俺は日葵が好きだ。優しくてしっかり者の彼女を、今度は俺が守れるようになりたい。

昔から、そう思っていたんだ。

「郷田の奴……。うわさ通りの奴ってわけでもないのか？」

見た目や粗暴な態度で悪いイメージが膨らんでいただけで、想像していたよりも穏やかな奴だった。

「だからって、警戒を緩める気はないけどな」

……でも、郷田晃生がどんな奴かと尋ねられたら。迷わず「危険人物です」と答えるのだけは勘弁してやろう。

その日、郷田に対する俺の認識が少しだけ変わったのであった。

三章　悪役の残滓に怯えている

俺の人格が現れたことで、郷田晃生《ごうだあきお》の意識は消滅した。……そう思っていたのだが、どうやら違うらしい。

「女を寄越《よこ》せ！　女を襲わせろ！　女を滅茶苦茶《めちゃくちゃ》にしてやる！」

……などといった暴力的な欲望が、下腹部が熱くなると強くなるのだ。おそらく郷田晃生の残滓《ざんし》のようなものなのだろう。

女性とエッチな関係になるのはむしろ望むところではある。だからって犯罪行為までする気にはなれない。この辺の常識は俺の意識の方が強くて助かる。

他人が、それも漫画の悪役キャラが好き勝手にするのは構わない。俺もフィクションだからと楽しみながら読んでいた。

でも、ここはフィクションではなく現実で、今は俺が郷田晃生だ。お天道様の下で笑って過ごすためにも、絶対に犯罪者だけにはなりたくなかった。

「本当にエリカには感謝だな」

朝になって目が覚めると、エリカがいなくなっていた。

夢だったかと落胆しそうになるが、ベッドにまだ温《ぬく》もりが残っている。この生々しい温かさが、確かに彼女と交わった証《あかし》だった。

「ていうか、あんな綺麗《きれい》な人とヤッちゃったんだよなぁ……」

思い出すのはあの甘美な時間……。あんな美人とあんなことやこんなことをしてしまったのだ。

エリカは自分から郷田晃生に抱かれに来た。俺は本能に抗《あらが》えず、彼女と交わった。あのままでいたら俺はどこかで暴走していただろう。それほどに切羽詰まった状況だったのだと、エリカとの情事の後だからこそ気づけた。

下半身の熱に浮かされてまったく理性が働かなかった。本能のままエリカの身体《からだ》を貪ってしまった。

そんな俺を彼女は許してくれたのだ。自分はセフレだから気にしなくて良いと、俺を気遣ってくれた。

「お互い都合の良い存在でいましょう。晃生くんも最初そう言っていたじゃない。ね？」

ぼんやりとした記憶の中で、エリカはそんなことを言っていた。

彼女のおかげで下腹部の熱が引いた。そのおかげで郷田晃生の残滓が小さくなったようだし、俺は見境なく女性を襲わずに済んだ。

「甘やかされてばかりもいられないよな。せめて迷惑をかけないくらいの自制心は身につけないと」

今度エリカにお礼をしよう。彼女から誘われたとはいえ、救われた感謝は伝えたい。

スマホで時間を確認すると、そろそろ学校に行く時間になっていた。学生もつらいぜ。

「ん？　メッセージか」

スマホにメッセージが届いていた。相手は白鳥《しらとり》だ。何気に初めてだな。

メッセージの内容は他愛《たあい》のないものだった。「勉強会楽しかったね」とか「今度は二人きりでみっちり教えてあげるわ」などといった感じ。どうやら昨晩に送られたものらしいが、いろいろあったからまったく気づいていなかった。

「ったく。寝取り野郎に近づくんじゃねえっての」

何を勘違いしているのか、白鳥は俺と距離を縮めたくて仕方がないらしい。

たぶん不良が捨て犬を拾うみたいな、そういうギャップを感じたのだろうが、それは一時の感情でしかない。

冷静になれば自分の行動に羞恥心が込み上げてきて悶《もだ》えることになるはずだ。若さゆえの間違いは、しなくてもいいならしない方がいい。

「悪い、今起きた。久しぶりに頭使ったから帰ってすぐ寝ちまったぜ。と、こんなんでいいか」

　適当に返信して登校の準備を始める。

「お？」

　返信してすぐにスマホにメッセージが届いた。早くない？

『よく眠れた？』

「爆睡した、と」

　またすぐにメッセージがきた。

『それは良かったわ。また学校で会うのを楽しみにしているわね』

　楽しみ、か。なんだか大げさに聞こえるのは俺だけか？

　さっさと支度を済ませて家を出た。遅刻しないように走る俺は、どこからどう見ても真面目《まじめ》な学生である。

「ヒッ⁉」

「おい目を合わせるなっ」

「怖いよママー！」

　道行く人々に怖がられてしまった。……全部この凶悪面が悪いんだ。

「おはよう郷田くん。あら、なんだか元気がないわね？」

「まあ、寝起きだからな」

もうすぐ学校が見えてくるというところで、白鳥に会ってしまった。

実は待ち伏せしていたなんてことはないよね？　けっこう遅刻ギリギリの時間だったから、登校中に白鳥と会うとは思っていなかった。

「爆睡するほど疲れていたんだものね。私のメッセージに返事がないからどうしたのかと心配していたのよ？」

「まああれだけ勉強したのは久しぶりだったし。やっぱり勉強会なんて俺らしくないよな」

だからもう勉強会なんてしなくていいぞ。そういう意味を暗に込めてみたが、白鳥は俺に顔を寄せて「だったらもっと勉強教えてあげなくちゃね」とか言い出した。気持ちってはっきり言葉にしないと伝わらないものだよね。

というか距離が近い。自分の胸の大きさがわかってないの？　ちょっと当たってるんですけど……。

「郷田くんがらしくないと言ったら、私とホテルに行った件はどうなるのよ？　全然イメージと違ったのだけれど」

「ことあるごとにそのことを持ち出すのやめてくれる？　誰かに聞かれたらどうすんだよ」

白鳥は茶目《ちやめ》っ気《け》たっぷりの笑顔を浮かべた。オイ、誤魔化《ごまか》すんじゃねえよ。

ため息をつく。本来は白鳥の弱味のはずなのに、なんで俺の方が困ることになっているんだろうね？

まあ中間考査が終わるまでの辛抱だ。白鳥の言い分である、借りを返すために勉強を教える。それさえ無事に乗り越えれば、彼女は俺に関わる理由を失うだろう。

後は野坂《のさか》が白鳥との関係を修復する。ただそれを待つだけでいい。

「つーか白鳥は眠れたのかよ？　ちょっとクマできてるぞ」

「えっ、嘘《うそ》⁉　やっ、これは……別に郷田くんが私のメッセージに既読もつけないから不安で眠れなかったわけじゃなくて……っ」

「何言ってんだ？」

「〜〜っ！」

白鳥が顔を真っ赤にして俺の腕をポカポカ殴ってきた。全然痛くないけど理不尽。

そんなこんなしながら、俺たちは遅刻することなく学校に辿《たど》り着いたのだった。

◇　◇　◇

「晃生と白鳥が……ホテルに行った？」

さっきの会話を聞いている奴《やつ》がいたことを、この時の俺はまだ気づいていなかったのであった。

◇◇◇

氷室《ひむろ》の様子がおかしい。

いつも休み時間になる度に無駄話をしてくる奴だってのに、今日は朝から大人しい。心ここにあらずというか、ぼーっとして授業にも身が入っていない様子だ。……授業をまともに聞いていないのはいつものことか。

「おーい氷室ー。授業終わったぞー」

「はっ。あ、晃生……」

声をかければ反応はする。だけど俺の顔を見ると悲しそうに目を伏せてしまう。なぜに？

昨日の勉強会で頭を使いすぎたか？　だとしても俺を見て悲しそうにする理由がわからない。

もしかして、俺との学力の差に落ち込んでしまったのだろうか？　同じレベルだと思っていた奴が自分よりも遥《はる》か先を行っていると知った時、けっこうショックを受けるものだ。その気持ちならなんとなくわかるぞ。うんうん、仲の良い奴が遠い存在になった気がして落ち込むよなぁ。

「大丈夫だぞ氷室」

「ふぇ？」

氷室の頭をぽんぽんと撫《な》でてやる。俺と彼女の仲なら、これくらいはコミュニケーションの範疇《はんちゅう》だ。

「俺は遠くに行ったりしない。氷室の傍《そば》にいるからな」

「〜〜っ⁉」

たとえ学力に差があろうとも。俺と氷室は一緒だ。勉強会に参加してもらわないと困るからな。主に俺の理性のために。

「ほ、本当に？」

氷室の目がうるうるしている。クラスで唯一の不良仲間が離れてしまったらと思うと、不安で仕方がなかったのだろう。

「ああ、本当だ。だから心配するな」

「じゃ、じゃあ白鳥は？　晃生にとって白鳥はどういう……」

ん？　今の話の流れでなんで白鳥の名前が出てくるんだ？

返答に迷っていると影が射《さ》した。

「私が、どうしたのかしら？」

「し、白鳥……さん」

気づけば、白鳥が俺たちの席の近くに来ていた。

なんだか氷室が白鳥を恐れているように見える。昨日は割と仲良さそうにしていたのだが。

氷室の目が俺に向く。その目は不安げに揺れていて、今にも泣き出しそうな子供のように思えた。

「別に大したことないぞ。昨日は白鳥の家で勉強会をして疲れたって話していただけだ。なあ氷室？」

事情はよくわからないが、とりあえず誤魔化してやることにした。氷室にアイコンタクトで話を合わせろと合図する。

「そ、そうっ。アタシあんなに頭使ったの初めてだったたから。すっごく疲れちゃったっていうか」

俺の意図が通じたらしく、氷室が大げさなくらいぶんぶんと頷《うなず》く。頭を振る度にサイドテールが揺れた。

「そうなの？　だったら今のうちに慣れておいた方がいいわ。これから受験もあるのだし、それまでにはしっかり勉強できるようにがんばりましょうね」

「……」

氷室の目は死んでいた。優等生と不良って相容《あいい》れないよね。

つまり俺と白鳥も相容れないはずだ。学力に差はあっても、俺も氷室並みに勉強したくないタイプである。

「いや、俺たちがそんなに勉強できるわけねえだろ。そこまでしなくても困らない程度でいいんだよ」

「え？　勉強して困ることなんて一つもないわよ」

うーん、正論なんだけど話が合わねえなぁ。嚙《か》み合っていないというかさ。こちとら転生したばかりというのもあって受験勉強の苦しさを思い出したくないんだよ。

「それに――」

白鳥の顔が近づく。透き通った肌がよくわかるほどの距離。シャンプーの匂いなのか、とても良い香りがした。

じゃなくて！　なんでいきなり俺の耳元に顔を寄せてきてんの⁉

「困っているなら私に言って？　みっちりと丁寧に、教えてあげるわ」

「っ」

否応《いやおう》なく色気を感じてしまう。せっかくエリカのおかげでスッキリしていたってのに、下半身にまた熱が集まりそうになる。

これがエロ漫画ヒロインの実力か。……って、白鳥は誘惑するようなキャラじゃなかっただろっ。

「ダメッ！」

ぐいっと腕を引っ張られて、白鳥から離された。

見れば、氷室が俺の腕を抱えるようにして引っ張っていた。密着したせいで彼女の豊満な胸が俺の腕で押し潰されている。

しかも、氷室が大きい声を出したせいでクラスメイトの注目を浴びてしまう。

「晃生はその……、アタシと遊ぶのに忙しいから！　ほら、晃生が真面目に勉強ばっかかするわけないでしょ？　だから白鳥さんと一緒に勉強ばっかりしてらんないのっ」

氷室は「う〜」と唸《うな》る。まるで威嚇する犬みたいだな。小型犬くらいの迫力しかないけど。

「そう？　郷田くんは氷室さんが思っているよりも勉強ができる人よ。それに、遊ぶのなら私でもいいでしょう？」

白鳥はそう言って、あろうことか氷室とは反対側の俺の腕を引っ張った。しかも氷室と同じように抱きしめるようにしてだ。幸せな感触が腕を伝わって脳に送られる。

え、何この状況？

俺を取り合う二人の美少女。字面だけ見ればとても喜ばしい状況なのに、どう対応していいかわからなかった。

「え、何？　どういうこと？」

「な、なんで日葵《ひまり》ちゃんが郷田くんにくっついているの？」

「さ、三角関係か⁉　修羅場なのか⁉」

ざわっざわっ。教室内がざわめく。空気が波打つように感じられて、俺の焦りが募る。

やばいぞ。このままではクラスの連中が誤解してしまう。こういう時どうするのが正解なんだ？

「何やっているんだ日葵！」

そこへ現れたのは野坂だった。おおっ、救世主よ！

トイレにでも行っていたのか、教室に戻ってきた野坂はずかずかと近づき、白鳥を俺から引き剝がしてくれた。さすがは主人公。マジ感謝！

「とっ……わわわっ⁉」

白鳥の引っ張る力がなくなったことで、氷室がバランスを崩してしまう。こけそうになる彼女を咄嗟《とっさ》に抱きしめて支えた。

「あ、晃生……っ」

驚いて顔を真っ赤にする氷室。転んで頭を打たなくて良かった。そんな安心感から、無意識に金髪の頭を撫でていた。

撫でてから「何やってんだ俺⁉」とセルフツッコミしたくなった。だけどこれは郷田晃生の意識からの行動ではなくて、俺自身の意思だった。

「えへへ」

まあ氷室も喜んでいるし、問題ないだろう。気のせいかサイドテールが犬の尻尾《しっぽ》みたいに揺れているように見えた。

「ああ――っ！　何をするのよ純平《じゅんぺい》くんっ！」

「それはこっちのセリフだ。教室で何やってんだよ。悪ふざけするのもいい加減にしろ」

言われて白鳥は教室を見渡す。みんなから注目されていることに今更気づいたようだった。恥ずかしくなったのか頰《ほお》が朱色に染まる。

「なんだ、ただの悪ふざけだったのか」

「郷田に対してまで悪ふざけできるって、白鳥さんすごいなぁ」

「日葵ちゃん……。心臓に悪いことしないで〜」

野坂が割って入ったことで教室の空気が弛緩《しかん》した。

「くっ、今回は私の負けよ」

「勝ち負けとかあったのか？」

白鳥は悔しそうにしながら席へと戻った。それからすぐに休み時間終了のチャイムが鳴ったのであった。

「晃生ー。もっと撫でてー？」

「だから授業始まるつってんだろうが！」

頭をぐりぐりと押し付けてくる氷室を引き離す。甘えてばかりもいられないとは思ったけど、甘えられるってのもむずがゆいぞ。

「……ねえ晃生」

「なんだ？」

真面目《まじめ》に授業を受けていると、氷室が小声で話しかけてきた。

「アタシってバカだからさ……。その、わからないとことかいっぱいあるし……たくさん教えてね？」

頬を染めながら、恥ずかしそうにそんなことを言うのだ。

きっと俺に置いていかれないようにと必死なのだろう。それで彼女の勉学への意欲が上がるのならお安い御用だ。

「任せろ。ちゃんと面倒見てやるから覚悟しとけよ」

「〜〜っ⁉　う、うん……期待してる」

氷室の勉強への取り組む姿勢が少しだけ変わった気がした。これは良い意味での原作改変だろう。

そうして学校生活や白鳥宅での勉強会を乗り越えていく。カオスだと思っていた勉強会も、中間考査が近づくにつれて居心地がよくなっていた。

そして俺たちは、中間考査本番を無事に終えることができた。

「ふぃ〜。疲れた〜」

テスト最終日。答案用紙を提出した瞬間、氷室がぐでーと机に突っ伏した。

いつもはまともに勉強していなかったからな。そんな氷室がテスト期間に行った勉強会にすべて参加してくれたのだ。疲れても仕方がないだろう。

最初は白鳥と二人きりになりたくないという理由で誘ったのだが、ここまでがんばってくれるとお疲れ様と労《ねぎら》ってやりたくなる。

「ねー、晃生ー」

「なんだ？」

氷室は机に突っ伏したまま、上目遣いで俺に視線を送る。

「テスト終わったんだし、遊びに行こ？」

氷室はおずおずと、でも期待を隠し切れないといった声色で俺を誘った。

がんばったからにはご褒美が必要だ。それに俺も転生してからまともに遊んでいない。

その提案はお互いにとってＷｉｎ－Ｗｉｎに思えた。

「そうだな。ぱぁーっと遊ぶか」

「やった！　ねえねえどこ行く？」

疲れが吹っ飛んだと言わんばかりに、氷室が明るい笑顔を見せる。

原作ではサブヒロインというのもあってあまり注目はしていなかったが、氷室は滅茶苦《めちゃく》茶可愛《ちゃかわい》い。メイクでは隠し切れない無邪気な笑顔が俺を魅了する。

そんな女子と仲良く遊びに行く。よくよく考えてみれば最高の青春じゃなかろうか。

「へぇー、遊びに行くの？　私も一緒に行ってもいいかな？」

そんな俺たちに話しかけるピンクの影。白鳥が優等生の顔をしながら交ざろうとしてきた。

「勉強会の打ち上げということで。ねえ、純平くんも行きたいでしょう？」

「え、俺？」

今にも白鳥を俺から引き離そうとしていた野坂の動きが止まる。白鳥の背後から迫っていたのに、見えてんのかと言いたくなるくらいの絶妙なタイミングだった。

「ほら、私たち一緒に勉強した仲じゃない。打ち上げでぱぁーっと遊びに行っても、普通のことだと思うのよ」

「う、うーん……」

まずい。このままだと野坂が白鳥に言いくるめられてしまう。

しかし言い分としてはまっとうだ。これを断るのは、少しでも空気を読める奴《やつ》にはできないだろう。

「待ってくれ白鳥」

「どうしたの郷田くん？」

反射的に待ったをかけたものの、どうしたものか。笑顔の白鳥からプレッシャーを感じて、俺は口を開いた。

「俺と氷室が遊びに行く場所だぞ。そんなの、いかがわしい場所になるに決まっているだろ」

「「えっ⁉」」

反応したのは氷室と白鳥だった。野坂は何を想像したのか顔を赤くして口をパクパクさせていた。

「い、いかがわしいところに行くの？　アタシと二人きりで……？」

氷室が恥ずかしそうに尋ねてきた。顔を真っ赤にして、手持ち無沙汰に指を突っつき合わせている。

うん、そりゃあ戸惑うよね。でもこうでも言わなきゃ白鳥がついて来そうなんだもん。

郷田晃生の悪いうわさ。そしてこの凶悪顔。言葉だけだが信ぴょう性を感じさせるはずだ。

「郷田くん、本当に氷室さんをいかがわしい場所に連れていくつもり？」

白鳥がずいっと顔を近づけてくる。距離が近くて恥ずかしいというより、圧がすごすぎて別の意味でドキドキしてしまった。

「お、おうよ。だからお前らは連れていけねえな。俺たちは健全な遊びじゃ満足できねえんだ」

勉強会をしてもらったことで、白鳥にはもう借りを返してもらった。おかげで中間考査の結果には自信がある。

　だがここまでだ。白鳥のことは嫌いじゃないが、これ以上仲良くするのは危険だ。郷田晃生の人格がどこで現れるかわからないし、世界の修正力で肉体関係を持ってしまえば、きっとお互いに後悔することになる。

　氷室はいいのかって？　上手《うま》く言葉にできないんだけど、氷室は安心感があるんだよな。原作でもずっと近くにいた割にはなかなか手を出さなかったし。なんか大丈夫な気がする。

「っ」

　俺は野坂にアイコンタクトを送った。すると睨《にら》み返されてしまった。普通、目と目で通じ合わないよね。

「日葵。二人のことは放っておいてやろう」

　だが野坂は俺の思いが通じたかのように、白鳥を引き離そうとしてくれた。

　グッジョブ野坂！　俺は原作主人公を信じていたぞ。

　これで白鳥と距離を置ける。そう思っていたのだが、エロ漫画のヒロインは思ったよりも頑固だった。

「純平くんには関係ないでしょう。放っておいてよ」

　思わぬ白鳥の反撃で野坂が大ダメージを受けた。

　胸を押さえて後退《あとずさ》る野坂。俺は慌てて止めに入った。

「お、おいっ。そういう言い方はないだろ。野坂はお前のことを思ってだな……」

「あら。私のことをお前呼ばわりするだなんて――」

「あっ。わ、悪い」

反射的に謝ってしまう。白鳥に「いい度胸だわ」とでも言われるんじゃないかと身構えた。

けれど、予想に反して白鳥は頰を紅潮させながら微笑《ほほえ》んでいた。

「――それだけ郷田くんの中で私が気安い関係になったってことよね。ふふっ、嬉《うれ》しいわ」

「……」

もう白鳥をどう扱えばいいのかわからない。誰か白鳥日葵のマニュアルを持ってきてくれ！

「ねえ晃生。別に一緒に遊びに行ってもいいんじゃない？」

氷室が仕方がないとばかりにそう提案する。

「え、みんなでいかがわしい遊びをするのか？」

「それ冗談なんだよね⁉」

「えっ⁉ じょ、冗談だったのか……？」

はっきり「冗談」と言われてしまえば嘘《うそ》をつき続けることはできない。オイ野坂、ちょっとがっかりしてんじゃねえよ。

「白鳥さんに勉強を教えてもらったんだからさ、感謝の意味も込めて一緒に打ち上げしようよ。勉強会のメンバーは野坂くん入れても四人だけなんだから大所帯ってわけでもないでしょ？　安全な場所は当然として、暗くなる前にお開きにすればみんな問題なくない？」

確かにそうだ。一番アホだと思っていた氷室が、この中で一番大人の対応をしてくれた。

「野坂くんもそれでいい？　四人なら安心でしょ？」

「ま、まあ……四人なら。遅くならないみたいだし」

「じゃあ決まりね」

反対する理由がなくなってしまった。

確かに白鳥に借りを返させるためだったとはいえ、あれだけ真剣に勉強を教えてくれたのだ。礼くらいしておいた方がいいだろう。

それに、暗くなる前に帰るなら俺も暴走せずに済むだろう。さすがに明るいうちから何かしようって考えは郷田晃生にもないはずだ。

「それじゃあみんなどこ行きたいか意見出して。条件はぱぁーっと盛り上がれるところね」

氷室が中心になって仕切ってくれた。意外とまとめ役が向いているのか？　イキイキとしている彼女を眺めながらそんなことを思った。

◇◇◇

話し合いの結果、俺たちはカラオケに行くことにした。

カラオケなんていつぶりだろうか？　ちょっとワクワクしている自分がいる。

清楚《せいそ》系とギャル系美少女。それから特徴のない男子と悪役顔の俺。このまとまりのない面子《メンツ》が来店して、店員さんはぎょっとしていた。安心してください、歌いに来ただけです。

「アタシ、カラオケ来るの久しぶりなんだけど。なんかめっちゃテンション上がってきたー！」

「私も最近来ていなかったわね。たまには大きい声を出したいわ」

氷室と白鳥がきゃいきゃいと楽しそうに会話している。この二人、仲良いのか悪いのかわかんないんだけど。女子の距離感って難しい。

「……」

「……」

対する男子二人はとくに話をすることもなく、黙って女子たちを眺めていた。
いや、だって野坂とする話題がないし。元々友達ではなかったし、俺が知っていること
といえば原作で彼女を寝取られて絶望する姿ばかりだった。さすがにそんなことを話題に
はできない。
野坂も俺を警戒しているのか、一定の距離を保ちながら目を光らせている。雑談をする
雰囲気でもないだろう。
「な、なあ郷田――」
「それじゃあ一曲目、氷室羽彩《はあや》歌いまーす！」
トップバッターは氷室だった。野坂が何か言いかけたようだが、マイクを持った氷室の
声にかき消される。
用があればまた話しかけてくるだろう。今は氷室の歌が楽しみだ。
「――♪」
氷室の歌を聴いて、俺は首をかしげた。
まったく聞き覚えのない歌だったのだ。白鳥と野坂の反応からして、けっこう有名な曲
のようだ。
歌手に詳しいわけでもないのだが、有名な曲くらいは俺でも知っている。高校生とはい

え、そこまでの世代格差はないつもりだったんだけどな……。

そこで気づく。漫画の世界だから、歌手も元の世界とは違うのではないか？　と。舞台が現代だったから気にしていなかったけど、漫画の世界だけあっていろいろ違うところがあるようだ。タッチパネル端末でアーティスト名を検索してみても知っている名前が全然ない。

どど、どうしよう……！　これじゃあ何も歌えないぞっ。まさかこんな事態になるだなんて考えてもみなかった。

「イエーイ！　ありがとー！」

焦っている間に氷室が歌い終わってしまった。途中から全然聴けなかったな……。

「郷田くん、曲は入れたの？」

「まだだ……。先に白鳥が入れていいぞ」

「ありがとう」

白鳥に端末を渡した。彼女は慣れた様子で選曲していく。

白鳥がマイクを持って優雅に立ち上がる。好きな子が歌う姿に、野坂は前のめりになって見つめていた。まるで熱心なファンみたい。

俺はそれどころではなかった。何か歌えそうな曲はないかと必死で探す。

「晃生ー。歌う曲は決まった？」

いつの間にか俺の隣に腰を下ろしていた氷室に尋ねられる。

「い、いやぁ……。俺、最近の曲に疎くてな……。どうしようかと迷ってる」

「別に昔のでもいいでしょ。アタシらが小さい頃の曲でも案外知ってそうなのあるしさ」

年代とかの話じゃねえんだよっ。そもそもの世界が違うんだよ！

……などと言っても仕方がない。氷室を困らせたって状況が変わるわけでもないからな。

「ふぅ。久しぶりだからのどの調子が悪かったわね」

「そんなことないぞ日葵。すごく綺麗《きれい》な歌声だった！」

野坂の全力拍手で、白鳥の歌が終わったことに気づく。

やばいぞ。早くしないと俺の番がきてしまう。

焦っていると、氷室とは逆側の俺の隣に白鳥が座った。

「ちょっ、日葵っ！　郷田の隣なんかに——」

「はい、マイクよ純平くん。次はあなたの番でしょう？」

「あ、ああ……ありがとう」

白鳥は俺から端末を受け取ると、これまた慣れた様子で曲を入力した。さすがは幼馴《おさな》《な》染《じみ》。言葉にせずとも歌いたい曲がわかっているのだろう。

白鳥からマイクを受け取る野坂は俺を睨んでいた。「日葵に変なことするなよ！」と声に出さずとも読み取れた。

「それで、郷田くんは何を歌うの？」

白鳥が身体《からだ》を寄せてきながら尋ねてくる。小首をかしげて長いピンク髪がサラサラと流れる。……あざとい。

「か、考え中だ」

いくら探したって知っている曲が出てくるわけじゃない。俺のバカ。気づくのが遅《おせ》えよ。せめてカラオケに行くと決まった時点でどんな歌があるのかチェックしていればこんなことにはならなかったのに……。

「このランキング一位の歌でもいいんじゃない？　一番歌われているってことは、一番歌いやすいんだろうしさ」

氷室が俺の肩に顔をくっつけながら画面を指差して薦めてくれる。どうせ全部知らない曲なら、少しでも歌いやすい曲を選ぶのが無難か。

「そうだな。この曲にしよう」

まずは曲選びができてほっとする。しかし、もちろん本番はこれからだ。

「緊張した〜。俺の歌どうだったかな？」

「ああ、良かったぞ野坂」

「……」

歌い終わった野坂に拍手を送る。けれど感想を求めたのは俺にではなく、白鳥にだったのだろう。ものすごく微妙な顔をされてしまった。

「野坂くんやるじゃーん。けっこう良い声してたしさ」

「そ、そうかな？」

氷室に褒められた野坂は照れていた。同じ不良でも、強面《こわもて》男子より美少女に褒められたいよね。うん、知ってた。

「次は郷田くんの番ね。ふふっ、郷田くんの歌を聞くの楽しみだわ」

白鳥が無自覚にプレッシャーをかけてくる。

くそ〜。俺だって歌い慣れている曲なら楽しく歌えるってのに。聞いたことのない曲をぶっつけ本番で挑戦するのは、あまり楽しくない。

音楽が流れる。どこかで聴いたような曲調で、だけどやっぱり知らないリズムとメロディだった。

ええい！　やってやらあっ！　俺は力強くマイクを握った。

「ブフッ。郷田ってけっこう音痴か？」

俺が歌い始めてすぐに、野坂が堪《こら》え切れないとばかりに噴き出した。

それも仕方がないだろう。歌っているというより、これでは歌詞を追いかけているだけだ。こんなんじゃ盛り上がらないし、俺も楽しくない……。

ああ、今すぐ歌うのをやめたい。そんな気持ちが強くなってきた時だった。

「――♪」

俺とは別の歌声が響いてきたのだ。

見れば氷室がマイクを持って歌っていた。彼女はウインクしながらニコッと笑いかけてくれる。

……ついて来いってことか？

氷室の歌声に合わせて、俺も歌ってみた。

すると自然とリズムが合ってきた気がして、なんとなくだけど様になっているように思えた。

氷室と一緒だと歌いやすいな。歌い終わる頃には楽しくなっている自分がいた。

「はぁ〜。ありがとな氷室。助かったぜ」

「アタシが歌いたかっただけだし。晃生と一緒に歌うの楽しいもん」

氷室の笑顔が輝いて見える。彼女に対する認識が、大きく変わった瞬間だったかもしれなかった。

みんな一通り歌ったので、ソフトドリンクで喉を潤しながら雑談に花を咲かせた。

「えっ、郷田くんって一人暮らししているの⁉」

話の流れで一人暮らしをしているとカミングアウトしたら、白鳥が想像以上に驚きを見せた。

話の流れってのはあれだ。俺があまりにも曲を知らないものだから、その理由を尋ねられたのだ。

家にテレビがない。家族もいないから情報もない。だから歌に疎いのだ。……うん、嘘《うそ》は言っていないな。

実際に郷田晃生も歌というものに興味がなかったのだろう。記憶を探ってみても、うろ覚え程度だ。不良だけど、あんまり友達いないもんね。カラオケに行く機会がなければそんなものかもしれない。

「家族がいないって、その……お星様になった的な？」

氷室は気を遣ってか、表現をマイルドにして尋ねてきた。たとえがお星様って、初めて聞いたな。

「死別したわけじゃないぞ。親とちょっとごたついただけだ。生活費は出してくれているしな」

確かに生活費を送ってもらってはいるが、郷田晃生に感謝の気持ちは一かけらもなかった。

……これに関しては親を好きになれない郷田晃生の気持ちがわかってしまう。記憶の中の両親は悪い印象ばかり。俺から見ても、あまり良い親ではなかったと思わずにはいられない。

だからって自分が悪いことしていいって理由にはならないけどな。NTR、ダメ絶対。

「一人暮らしって羨ましいな。しかも仕送りしてくれているんだろ？　郷田ってお坊ちゃんだったんだ」

野坂は羨ましそうに眼《め》を輝かせていた。男子高校生なら一人暮らしって憧れるものなのだろう。

「ちょっと純平くん。郷田くんにも事情が――」

「だろ？　バイトしなくても生活に困らないぜ。一人なら裸で生活しても気にならないからな。どうだ、自由気ままな生活が羨ましかろう」

「おおー！　すっげぇー！　いいなー！」

　白鳥が野坂を叱る前に、俺は明るい調子で笑ってみせる。

　せっかく打ち上げでぱぁーっと盛り上がりに来たのだ。俺のせいで暗い雰囲気にはしたくなかった。

「ねえねえ晃生ー」

「ん？」

　氷室に袖をくいくいと引っ張られる。

「次はこれ、一緒に歌お？」

　氷室は話をぶった切って、カラオケの流れに戻してきた。

「おうよ。氷室と一緒に歌うのは楽しかったからな。こっちからお願いしたかったところだぜ」

「でしょ。アタシと一緒なら盛り上がるんだから」

　氷室は得意げに胸を張る。制服越しでもわかるほどの膨らみが強調された。すっげー……。

「あっ、ずるい。郷田くん、次は私と一緒に歌いましょうよ。丁寧にリードしてあげるわ」

　白鳥もマイクを持ってアピールしてくる。「リードしてあげるわ」と言いながら俺の胸板に指を這《は》わせてきて、何をリードしようってんだろうね？

「だったら俺も一緒に歌ってやる。勘違いするなよな。歌えない奴《やつ》が一人で歌っても盛り下がるだけなんだ。だから仕方なくなんだからな」

野坂がぷいっとそっぽを向きながらそんなことを言う。ツンデレじゃないくせにツンデレ発言はやめなさいよ。か、勘違いしたらどうしてくれんだ。あとそっぽ向いてないで白鳥を止めろ。

最初はどうなるかと心配だったが、打ち上げは予定通りぱぁーっと盛り上がったのであった。

◇◇◇

カラオケの帰り道。白鳥と野坂とは家の方向が違うからと早々に別れて、俺は氷室と歩いていた。

「ねえ晃生、これから晃生んち行ってもいい？」

「だから、男の一人暮らしだっつってんだろ」

もうすぐ日が暮れてしまいそうだ。明るいうちに帰れと氷室に言い聞かせる。

「だってー。遊び足りないんだもん。ねえちょっとだけだからー。どんな部屋なのか興味

あんの。ちょっとだけ、ちょっとだけ見たら帰るから。お願い、先っちょだけだから」

俺を拝みながらお願いしてくる氷室。どんだけ俺の部屋に興味あるんだよ。

でも思春期女子なら当然なのか？　俺だって女の一人暮らししている部屋がどんなのか興味はある……。別に変な意味じゃなくて、純真な好奇心だ！

「……ダメだ」

真面目《まじめ》な声のトーンでキッパリと断る。

ちょっとくらいなら、そう思わないこともない。氷室ならまあいいかな、と思わないこともない。

だけど、今は大丈夫とはいえ、郷田晃生の残滓《ざんし》がいつまた暴走するかわからないのだ。

一人暮らしの部屋に美少女を連れ込む状況。それがトリガーになる可能性だってある。

氷室が大切な友達だからこそ、傷つける可能性があることに頷《うなず》けなかった。

「……アタシは、ダメなの？」

氷室の声は震えていた。前みたいに「冗談だよ♪」という雰囲気ではない。

彼女は泣きそうに表情を歪《ゆが》めていた。涙を溜《た》め、今にも零《こぼ》れてしまいそうだ。

「え」

まさか泣かれるとは思っていなかった。急に心が慌て始める。

いやだって、この間は断っても別に何もなかったよな？　なんでいきなりそこまで悲しむのかわからなかった。

「白鳥は良かったのに……アタシはダメなんだ……」

「え？」

「白鳥とホテル行ったんでしょ！　なのになんでアタシはダメなの！」

突然の大声に驚かされる。俺たち以外に人のいない道に、氷室の声が響く。

いや、というか氷室は今なんて言った？

「晃生は白鳥とホテル行くような関係なんでしょ。別にそれはいいよ。でもアタシをのけ者にしないでよ……」

氷室はついにポロポロと涙を流して泣いてしまった。

遠くから車や電車の音が聞こえる。でもすすり泣く氷室の声が、一番大きく聞こえた。

なんで氷室が俺と白鳥がラブホに行ったことを知っているんだ？　そもそもこれってどういう状況？　急展開に頭の処理が追い付かない。

そんな中、俺が最優先に考えたことは、とにかく氷室を慰めなきゃという使命感だった。

「落ち着けよ氷室」

「あ」

氷室を抱きしめる。子供をあやすように、背中をぽんぽんと優しく叩いた。うん、かなりのセクハラ。イケメンにしか許されない行為を、咄嗟《とっさ》のこととはいえやらかしてしまった……。

「……っ」

だけど氷室が俺の胸に顔を押しつけてきたのを感じ、彼女が泣き止《や》むまでこのままでいなければと思った。

胸の辺りが湿っていく。背中に回された氷室の手が俺の制服を強く握った。

「よしよし。大丈夫だ。俺はここにいるからな」

氷室を落ち着かせるように優しい言葉をかけ続ける。くぐもった泣き声は、聞こえなかったことにした。

泣く子には勝てない。ギャルだからって、そこんとこは変わらないらしい。

「ずびーっ！　……ふぅ、思いっきり泣いたらスッキリしちゃった」

ティッシュで鼻をかむ氷室。その顔は泣いていたとは思えないほど晴れやかなものだった。

「はいはい。それは何よりだよ」

場所は変わって俺が住むアパート。結局押し切られる形で家の中へと招いてしまった。

まあ、あのまま泣いている氷室を放置するわけにもいかなかったし。もし誰かに見られたら俺が悪者になってしまっていたかもしれない。悪人面というのも厄介だ。

今のところは下半身に熱が集まる気配はない。室内に女の子の良い香りが漂っている気がするが、これくらいで煩悩に屈する俺ではないのだ。

「って、何やってんだ氷室っ」

「え？　エロ本探しているだけだけど？」

気づけば氷室が四《よ》つん這《ば》いになってベッドの下を覗《のぞ》き込んでいた。お尻をフリフリと振っているのはわざとかと怒鳴りたかったが、ぐっと我慢する。

ただでさえ短いスカートだってのに……。こいつには羞恥心ってもんはないのかっ。あっ、ちょっ、中身が見えちゃう……っ！

「んー……めぼしいもんはなさそうねぇ。今時はエロ本よりもスマホに隠しているもんなのかな？」

「おい氷室。お前男子の部屋に入ったらいつもこんなことしてんのか？」

氷室はベッドの下に突っ込んでいた頭を勢いよく俺に向けた。

「そんなのしたことない！　アタシがこんなことするの……あ、晃生だけだよ？」

いじらしい仕草で、上目遣いでうかがってくる表情は可愛《かわい》い……と、思ってやりたいところだが、やっていることを考えると呆《あき》れるしかなかった。だって男の部屋に入って最初にやることがエロ本探しなんだぜ？

カラオケの時は良かったのになぁ。安定の氷室に、俺の気が抜けていく。

「それにしても、物があんまりないよね。ベッドだけは立派だけどさ。晃生って趣味とかないの？」

郷田晃生の趣味は女とピー（自主規制）すること。……なんて言えるわけがないよな。

基本、外で女をナンパして食うことばかりの生活だったようだからな。アパートだって寝るための場所でしかない。そう思うとこれでも生活感が出てきた方なのだ。

「下手《へた》な趣味を持つと金がいくらあっても足らねえだろ。男の一人暮らしなんてこんなんでいいんだよ」

「ふーん。男ってそんなもんなんだ」

「そうそう。氷室が今まで付き合ってきた男はどうだったんだ？」

何気なく振っただけなのに、氷室はひどく狼狽《ろうばい》した。

「……いない」

氷室は顔を俯《うつむ》けて、小さな声で何か呟《つぶや》いた。

「え、なんだって？」

「彼氏なんていないって言ったの！　今まで一回もできたことない！　くっ、これで満足かぁっ！」

真っ赤になった顔を上げた氷室が爆発した。あまりの勢いに仰《の》け反《ぞ》る。

「え、マジ？」

「マジよ！　アタシは晃生みたいにはなれないのよ……うわーん！」

氷室は俺のベッドに飛び込んで、枕に顔を埋《うず》めてわんわんと泣き出した。さすがにこれは嘘《うそ》泣きだよね？

原作で氷室が処女だというのは知っていた。だけど彼氏いない歴＝年齢、とまでは思っていなかった。

だって、原作では経験済みじゃないの？　と疑いたくなるくらいに手慣れた感じだったのだ。「これで処女とか無理あるわー」と感想を漏らした記憶がある。

「晃生は……」

氷室が少しだけ顔を上げて、視線だけを俺に向ける。言いにくそうにして、口を枕に埋めたままもごもごさせる。

「彼女……いるの？」

目を潤ませて、そんなことを聞いてきた。

「……」

氷室は、郷田晃生のことが好きなのだろう。

原作であれだけ従順だった理由がよくわからなかった。とくに脅されている描写はなかったし、氷室羽彩というキャラも好き好んで寝取りに協力している感じでもなかったから。

ただ、振り返ってみれば郷田晃生のことが好きなんだろうなという描写は、わかりにくいが確かにあった。無理やり処女を奪われた時なんか幸せな顔をしていたもんな。

なぜ氷室が郷田晃生のことが好きなのか。その理由は語られていない。サブヒロインという立ち位置だったし、語る必要はないと判断されたのだろう。郷田晃生自身、恋愛的な意味で好かれているとは考えていなかったようだ。

頭をがしがしとかく。エロいシーンばっかりに目がいっていたから、こんなことを不思議に思うことはなかった。

「別に彼女なんかいねえよ」

「でも、白鳥とはホテル行ったんでしょ？」

結局それは気にしてんだな……。

現時点で氷室とどうこうなろうとまでは考えられない。郷田晃生の意識が完全に消え去っていない以上、深い関係になりすぎるのは彼女のためにならないように思える。

氷室は俺にとって大切な友達だ。女として見られないとかじゃなくて、彼女が傷ついてしまうような事態にはしたくなかった。

「だからどうした？　ラブホテルに行ったからって氷室が考えているようなことになったとは限らね──」

「ホテルってラブホのことだったの⁉」

……あれ？

「アタシはてっきり普通のビジネスホテルかと……。ラブホってことはやっぱり……っ」

もしかして俺、墓穴掘っちゃいました？

いや待て。落ち着け俺。まだ挽回《ばんかい》の余地はある。

「落ち着け氷室。ラブホってのは女子会にも使われるらしいんだ。つまり、ちょっと話をするために俺と白鳥がラブホを利用してもなんらおかしいことはない！」

「そ、そうやって白鳥をラブホに誘ったんだ……」

まずい。どう理由をつけても信じてもらえる様子じゃないぞ。

氷室は焦りを抑えようとしているのか、サイドテールの髪をいじっている。けれど視線があっちこっちへと落ち着きなく動き、全然平静ではなかった。

「べべべ、別に……晃生がそういう人だって、アタシわかってるし……。うん、晃生がそうしたいなら、文句なんか言わないし……」

ええいっ、従順モードになるんじゃねえ！

「氷室」

「晃生が白鳥にその……したいってんなら……アタシは協力するし……」

「俺の話を聞けよ氷室！」

「は、はいっ」

語気を強めると、ようやく氷室は顔を上げた。

いくら言葉を重ねても届かない。だったら、俺にできるのは嘘ではないと態度で示すことだけだ。

姿勢を正して、真《ま》っ直《す》ぐ氷室の目を見つめる。

「俺は白鳥とホテルに行った。それは事実だ。だがな、泣いていたあいつを慰めただけだ。それ以外のことは、何一つやっちゃいない」

嘘は言っていない。元気なムスコを見せつけたり、白鳥の裸を見たりはしたが、何もしちゃいないのだ。

俺の真剣さが伝わったのか、氷室がこくんと小さく頷《うなず》いた。

「……なんか、晃生って本当に変わったね」

「言っただろ。俺はまっとうに生きるんだって。そのために以前の俺を変えていくんだ」

「青春のためだっけ？」

「そうだ。俺は高校生活を充実させたいんだよ。そのために、俺には氷室が必要だ」

「っ!?」

氷室は悶絶《もんぜつ》したみたいに足をじたばたさせる。

そう、氷室にも変わってもらわなければ困る。

原作で悪役だった郷田晃生と氷室羽彩。この二人が変わらなければ、安心して青春なんぞ送れるわけがない。

もし俺が郷田晃生の意識に負けてしまった時。今の氷室では言いなりになってしまうだけだろう。

そうならないように氷室のことも変えてみせる。彼女にも素敵な青春ってやつを送ってほしいと、心の底から思うから。

「ああっ！　晃生の枕に口紅の跡が……。やっぱり女を連れ込んでいるんだ」

「……それ、さっきお前が顔を埋めた時についたやつじゃないのか？」

「あ」

アホな氷室を変えるには、相当骨が折れそうだった。

◆◆◆

アタシが晃生と出会ったのは中三の夏だった。

「や、やめてください……」

街中でガラの悪い男たちに絡まれたアタシは、まともに抵抗もできず震えていた。

当時のアタシはかなり地味で、メイクもせず髪だって染めていなかった。全然垢抜《あかぬ》けてなくて、田舎《いなか》の女子中学生って感じだった。

そんなアタシに声をかけてきた男連中の目的がナンパなわけなくて。わざわざ壁際に追い詰めた大の男三人の狙いは金だった。

「だーかーらー、ちょーっとお財布見せてって言ってるだけじゃない」

「お兄さんたち今お金に困ってんだよ。通行税、払ってくんない？」

「ぎゃははっ！　ツーコーゼイってなんだよ？」

中学生の、それも女子にたかって恥ずかしくないのか？

でもその時のアタシは言い返せるだけの勇気がなくて、ただただ震えていることしかできなかった。

助けを求めて周りに視線を向けてみたけれど、こんな時に限ってあまり人はいなかった。通りかかったかと思えば、視線を逸《そ》らしてそそくさと離れていってしまう。

「オイ。いい加減にしろよ？　出さねえってことは俺らのこと舐《な》めてんだろ」

「な、舐めてなんか……」

「じゃあさっさと出せよ！　ブスのくせに逆らってんじゃねえぞ！」

大声で怒鳴られて、壁をドンッ！　って殴られて、それでもアタシはただ震えることしかできなかった。

怖い……。こいつら女だからって手加減なんかしない。殴られるっ。アタシの心は恐怖で折れそうだった。

財布を出せば許してもらえる。そう思っても身体《からだ》が全然動かなくて、ガタガタと震えながらぎゅっと目を閉じるのがやっとだった。

「お前ら邪魔」

「ぐえっ!?」

どうしようもないピンチ。そんな時、急にアタシを囲んでいた男の一人が吹っ飛んだ。

「な、何す――」

文句を言おうとでもしたんだろうけど、吹っ飛ばされた男の仲間の声が尻すぼみになって消えていく。

恐る恐る目を開いて顔を上げれば、金髪の髪を逆立てた大柄な男の姿があった。その強面《こわもて》はアタシを囲んでいた男たち以上に恐ろしい威圧感を放っていた。

「んだよテメーら。俺に逆らうつもりか？」

「あっ、いや……さーせんっ」

男たちはビビった様子で逃げ去っていった。アタシは呆気《あっけ》に取られてその場で立ち尽くすことしかできない。

「オイ」

「ヒッ⁉」

それでピンチから抜け出せたわけじゃないと思った。だってこの凶悪顔。さっきの男連中よりも、明らかに悪行を重ねてきたって顔に、アタシもビビっていた。

ズンズンと近づいてくる。アタシは怖くて顔を俯《うつむ》けて目をぎゅっとつぶることしかできなかった。

無遠慮に前髪を上げられる。何をされるのかと、極限まで達した恐怖が目を開かせることを許さなかった。

「ふーん。なかなか良いじゃねえか。お前、化粧でもした方がいいぞ」

それだけ言って、彼が離れていく気配がした。何が起こったのかわからなくて、しばらく状況が頭に入らなかった。

目を開けば、すでに彼の姿は遠くにあった。

「あ、ありがとう、ございます……」

今更になって助けられたことに気づいた。か細いお礼の言葉は彼の耳に届くはずがなくて、金髪の彼が振り返ることはなかった。

「こ、怖かったぁ～～」

胸がドキドキしている。あれだけの恐怖体験をしたんだから当たり前だ。

でも、このドキドキはそれだけじゃないんだってことを、アタシ自身はわかっていた。

「化粧をすれば、少しは変われるのかな？」

彼の言葉が頭の中で再生される。どういう意味で言ったかはわからない。けど、またどこかで出会った時に「良いじゃねえか」なんて、言葉をかけてもらいたかった。

あれから数日後。アタシは初めて化粧して、髪を金色に染めた。

夏休みが明けて、アタシの変わりようにみんな驚いた。先生に注意されたけど、無視していたら諦めたのか何も言われなくなった。

アタシを助けてくれたあの人みたいになりたい。本気でそう思ってしまったのだから仕方がない。

見た目を変えたからか、それに合わせるように性格も変わってきた。我を通せるようになって、何か言われても言い返せるようになった。

「あっ。あの人だ……」

中学を卒業して、高校に入学した。そして高校で、あの時アタシを男たちから助けてくれた彼と再会したのだ。

あの時に金髪だった頭が赤色に変わっていたけれど、あの凶悪な顔は見間違いようがない。一目見てすぐにわかったね。

「あ？　誰だよお前？」

あの頃のアタシとは違いすぎて、前に助けた地味子とは思わなかったのだろう。今思えば忘れられていただけなんだろうけどね。晃生だし。

「アタシは氷室羽彩っ。ねえ名前教えてよ。君と仲良くしたいな」

「ちっ。……郷田晃生だ」

ぶっきらぼうに名前を教えてくれた彼のことを、前よりは怖くなくなっていた。

再会できたのは運命の赤い糸で繋《つな》がっていたから。少しは変わってきたけれど、そうやってはしゃぐ心は素《す》のアタシと変わっていなかった。

——でも、晃生との再会を運命と思うには、彼は粗暴すぎた。

晃生の悪いうわさはたくさんあった。それがただのうわさで済んでいないことを、近くにいたからこそ知っていた。

見た目や雰囲気の怖さよりも、晃生の乱暴な内面が一番怖かった。それでも晃生はアタシの目標で、学校で浮いてしまったアタシの唯一の居場所だ。

晃生にまで見放されたら、アタシはどうすればいいかわからない。だから晃生の言うことを聞くようにがんばった。彼に必要とされる女になろうと努力した。

怖いけど好き。晃生に対する正反対の気持ちが、アタシを突き動かした。

「バカ言うな。俺はこれからまっとうに生きるんだ。青春を取り戻すんだよ」

「セイシュン？」

そんな根っからの悪人であるはずの晃生が、急に変わった。

最初は頭でもぶつけたのかと思った。だってあまりにも違っていて、まるで別人にでも入れ替わったのかと疑いたくなるほどだったから。

この突然の変化に不安になった。晃生はアタシを見捨てるつもりなんじゃないかと思ってしまったのだ。

「晃生がまっとうになったとして……その隣にアタシがいても、いいのかな？」

「もちろんだ。氷室は友達だからな」

「友達……」

でもそうじゃなかった。見捨てるどころか「友達」と言われて、胸の奥がぽかぽかした。

初めて見た晃生の優しい笑顔に、アタシはものすごく安心させられたんだ。

「わかった。アタシはわかってあげられる女だからね。晃生がまっとうになりたいってんなら、尊重してあげる」

「おう、ありがとよ」

そう言った晃生の大きな手が、アタシの頭を撫《な》でた。

それがとても温かくて、気持ち良くて……。表現できないくらいの幸せに包まれるのを実感した。

晃生のことは好きだ。だけど怖くて、近くにいる間はずっとビビっていた。

でも、今の晃生は優しくて温かくて、アタシに安心感を与えてくれる。ずっと傍《そば》にいたいって思わせてくれる。

「ずっと、一緒にいたいな……」

できればこのまま、優しいままの晃生でいてほしい。そんなことを、強く思った。

四章　漫画のヒロインは悪役よりも強い

中間考査が終わって打ち上げもした。これで白鳥《しらとり》が俺に感じていたらしい借りってやつもなくなっただろう。

「ねえ、今度郷田《ごうだ》くんのお部屋に遊びに行ってもいい？」

……そのはずなんだが、前以上に距離を詰められている気がするんですけど？

ねだるように近づいてくるピンク頭。清楚《せいそ》だとか優等生だとか、大切な設定を忘れているんじゃなかろうか。

「何言ってんだ白鳥。ダメに決まってんだろ」

「だって一人暮らししているんでしょう？　親の許可ならいらないじゃない」

「だからその一人暮らししている男の家に来ようとするんじゃねえよ。女として危機感を持てよ、危機感を」

「へぇ……。郷田くんは私を女として見ているのね」

白鳥は高校生とは思えない妖艶な笑みを見せた。

笑顔がエロいだと……っ。やはりエロ漫画ヒロインは伊達《だて》じゃない。制服姿で肌を見せているわけでもないのに心臓の鼓動が早くなってしまう。意識させられるだなんて悔しい～。

「べ、別に意識しているわけじゃ……うほぉっ!?」

肩をすぅーっと撫でられる。くすぐったい刺激に身体《からだ》が跳ねた。

「ふふっ。うわさもあてにならないわね。郷田くんはこんなにも可愛《かわい》いのに」

くすくすと笑う白鳥はとにかくエロかった。もうエロいしか感想が出てこねえ。

距離の詰め方おかしくない？　優等生のはずなのに、不良生徒に対する適切な距離ってやつがわかっていないのだろうか。

それとも、一緒に勉強をした仲ってことで友達認定されたとか？　これが友達に対する普通の接し方なら、勘違いする男子が続出するに決まっている。

「だったら純平《じゅんぺい》くんも一緒ならいいの？　女一人でなければ問題ないんでしょう？」

「野坂《のさか》を付き合わせてやるなよ。俺なんかの家に連れてこられたら迷惑だろ」

「そう？　純平くんはいつも私をいろんなところに連れ回していたわよ」

野坂が白鳥を連れ回す？　今の二人を見る限り、白鳥が連れ回す側だとしても、その逆は想像できないんだが……。

ああ、もしかしたら小さい頃のことを言っているのかもしれない。幼馴染《おさななじみ》だと今と昔の思い出が混ざってしまうこともあるだろう。幼馴染がいたことないから知らないけど。

……しかし、白鳥と野坂の幼馴染関係が俺の思い描いていたものと違っていたことを、もう少し後になってから知ることになったのであった。

◇◇◇

本日の日直は俺。相方の女子は怖がって俺と目を合わせようともしないので、一人で仕事をすることにした。

放課後。あとは日誌を書いて先生に提出するだけだ。

「あっ、花瓶の水を替えなきゃな」

教室の端にぽつんと置いてある花瓶。誰が持ってきているのか、綺麗《きれい》な花が飾られていた。

「それくらいもう一人の日直にやらせればいいんじゃね？　日直は男女ペアでやるんだからさ」

そう氷室《ひむろ》は言ってくれるが、俺が話しかけようと近づくだけで恐怖に震えてしまうのだ。あまりにも可哀《かわい》そうで声をかけるのも躊躇《ためら》ってしまう。

それに、その女子の姿はすでに教室になかった。あまりの恐怖体験で本日日直だったことを忘れていたのかもしれない。

「別にいいんだよ。今までサボってきたツケだ。今日は俺一人でやるよ」

「手伝おっか？」

「大丈夫だ。すぐ終わるしな」

郷田晃生《あきお》が日直を真面目《まじめ》にやるはずもなく、サボった記憶しかない。……というか最初から頭にないようだった。

逆に氷室は案外真面目にやってきたらしく、日直の仕事を他人に任せるということはなかったようだ。

ずっと不真面目だった奴《やつ》が、ちゃんとやってきた奴を簡単に頼っちゃいかん。郷田晃生って男子が変わったのだと知らしめるためにも、今日は全部一人でやってやる。

てなわけで、花瓶の水を替えるために教室を出た。

「で、白鳥さんとはどこまで行ったんだよ？」

廊下の曲がり角。手洗い場の近くで男子の話し声が聞こえてきた。

知った名前が出たので、思わず足を止める。クラスメイトの誰かか？

「日葵《ひまり》とはその……。も、もちろん行くところまで行ったさ！」

野坂の声だ。何人か集まっているのか、「おおーっ！」とどよめきが聞こえた。

「良いよなぁ。あんな美人の幼馴染がいてさ。小さい頃から好かれてたんだろ？」

「白鳥さんを狙ってる男子多かったもんな。彼氏がいるのに告白する奴が後を絶たなかったって話だし。野坂のために全部断っていたって、すげえ良い子じゃないか」

「可愛くて巨乳で従順……。マジ最高じゃんっ。そんな子といつでもエッチし放題とか羨ましすぎ！」

男子連中は好き勝手にしゃべっている。野坂も「ま、まあな」と肯定して場を盛り上げた。

野坂はなおも続ける。白鳥の裸が良かっただとか、感じてる時の声がエロかっただとか、もう最高に気持ち良かっただとか……。美少女幼馴染との初体験を自慢げに語っていた。

男子らしい会話といえば聞こえは良いが、ただの猥談《わいだん》だった。

「……」

野坂く〜ん？　なんか気持ち良くしゃべっているみたいだが、お前白鳥と別れたんじゃなかったっけ？

しかも初体験が失敗したと聞きましたけど？　まあ全部白鳥からの情報だから、それが全部本当のことだと言い切れはしないだろうが。

だが、真実でも嘘《うそ》でも関係ない。そういう話題を学校で、しかも誰が通るかわからない廊下でされて、良い気分がするものじゃなかった。

「オイ。そこどいてくれないか?」

「ご、郷田……」

曲がり角から姿を現して声をかけると、男子連中がざっと道を空けた。

「なあ野坂」

「な、なんだよ?」

花瓶の水を替えながら野坂に話しかける。昨日の日直誰だよ。水汚いぞ。

「お前言ったよな? 白鳥のことを守るって」

「そ、それがどうした……」

蛇口を閉めて、振り返って野坂を見下ろした。

「白鳥をゴシップのネタにすることが、野坂にとって大切にするって意味だったのか?」

野坂が息を詰める。見開かれた目が「さっきの話を聞いていたのか?」と表していた。

「お前らも」

「「は、はいぃぃぃぃぃっ」」

野坂の友人連中を睥睨《へいげい》する。全員綺麗に直立不動となった。

「こんなところで話す内容じゃないってわかるよな？　女子に聞かれでもしたら、お前ら軽蔑されてモテなくなるぞ」

男子高校生が「モテない」と言われるのは堪《こた》えるだろう。その証拠に「ごめんなさい！　もうしません！」と全員の声が合わさっていたからな。

まあ当事者でもない俺が怒る立場ではない。けれど同じ男として、注意してやるくらいは許してほしい。

さて、俺がいつまでもここにいては迷惑だろう。花瓶を持って教室に戻ろうと角を曲がった。

「郷田くん……」

「うおっ⁉」

曲がり角の先にいたのは白鳥だった。これには俺もびっくり。

ていうかいつからいたんだ？　もしかして今の話を聞いていたのか？　驚きながらも状況を整理しようとする。

ここは死角になっていて、野坂たちからは白鳥の姿が見えていない。どちらにしても、ここで顔を合わせたら気まずいにもほどがあるだろう。

「し、白鳥……ちょっとこっちに来い」

「あ」

咄嗟《とっさ》に白鳥の手を摑《つか》む。

とにかく白鳥を野坂たちのいる場所から引き離さなければ。そう思って廊下を歩いていたら他の生徒から奇異の目を向けられてしまった。

「こっちだ」

「……うん」

変なうわさを立てられるわけにはいかない。俺は人気《ひとけ》のない方へと白鳥を引っ張った。

そうして辿《たど》り着いたのは、郷田晃生が溜《た》まり場に使っていた空き教室だ。

「……」

誰かに見られたらまずいとは思ったが、誰もいない教室で二人きりという状況の方がまずいのでは？　気まずい沈黙が下りたことで、ようやくそのことに思い至った。

俺もけっこう動揺していたらしい。花瓶を机に置いて心を落ち着ける。

「えっと、悪いな。いきなりこんなところに連れ込んで」

「気にしないで。……ありがとう。純平くんから私を守ってくれたのよね」

やっぱり聞かれていたのか……。ちょうどあそこに通りかかっただけなら会話を聞かれていない可能性があるかと思ったが、そう都合良くはいかないらしい。

「ちなみに、どこから聞いてた？」

「そうね。純平くんが『日葵と行くところまで行ったさ』って言っていたところからよ」

「最初からじゃねえか！」

いや待て。俺もその辺りから野坂たちの会話を耳にしたんだぞ。その時に曲がり角にいたのは俺だけだったはずだ。

俺の疑問が伝わったのか、白鳥はその答えをくれた。

「花瓶を持った郷田くんが見えたから。声をかけようとして後ろまで近づいていたのよ」

「そうだったのか。全然気づかなかったぞ」

「驚かせようと思って足音を殺していたもの。ふふっ、私もけっこうやるでしょう？」

白鳥はドヤ顔でそう言った。「やるでしょう？」って、こいつ忍者でも目指してんのか？

意外と悪戯《いたずら》っ子《こ》だなぁ。

「でも、純平くんがあんな風に私のことを言いふらしていただなんて……」

白鳥の表情に影が射《さ》す。

信頼していた幼馴染に自分の痴態を言いふらされたのだ。しかも嘘ばかりだった。そのショックは計り知れないだろう。

「使い物にならなかったのは純平くんの方なのに……」

「ぶはっ」

男にとって「使い物にならなかった」と女子に言われるほどダメージが強いものはない。関係ないのに、俺の方が胸を痛めてしまう。

「ま、まあ野坂に悪気はないんだろうし」

「悪気がなければ許されることなのかしら？」

「……無理、だよな」

ごめん野坂。さすがに今回ばかりはフォローできないって。

あの場で一応注意はしたが、人の口に戸は立てられない以上、どこで野坂と白鳥がヤッたといううわさが流れるかわからない。

野坂の気持ちはわからなくもない。男は見栄《みえ》を張りたい生き物だ。男子高校生にとって可愛《かわい》い彼女の存在は自慢できるものだし、一線を越えたとなれば一目置かれるのではないかと思いがちだろう。

大人になってから振り返れば、初体験の少しの差なんて大したものじゃない。それがとてつもなく大きく見えるのは、きっとまだ子供だからだ。

その見栄にしがみついてしまった。野坂のその選択が、本当に大切な存在を傷つける結果になった。

「バカ野郎……っ」

俺も男だ。男がバカな生き物だってわかっているつもりだ。

それでも、自分が大切な人を傷つけるな。男がいくらバカでも、それだけはやっちゃいけないことだ。

「気にするなよ。……ってのは無理だろうが、野坂の言ったことが嘘だって俺は知っている。きっと本気にしてない奴だっている。だから、気にしすぎんな」

白鳥の頭をよしよしと撫《な》でる。天然のピンク髪がサラサラしていて撫でやすかった。

彼女が落ち込んでいるように見えたから。ついらしくないことをしてしまった。

でも慰めずにはいられなかった。身体《からだ》が勝手に動いてしまったのだから仕方がない。

「郷田くん……」

俺を見つめていた白鳥の目から、ぶわっと涙が溢《あふ》れた。

「う、うぅ……くぅ……ひっく……」

ぽろぽろと、涙の雫《しずく》がとめどなく流れる。泣くとは思わなかったからびっくりしてしまった。

「大丈夫。大丈夫だ……。今はたくさん泣いとけ」

あやすように頭を撫で続ける。白鳥は身体を震わせながら嗚咽《おえつ》を漏らしていた。

真面目《まじめ》な優等生だったり、色っぽくて大人に見えることもあるが、白鳥もまだ大人にはなり切れていない高校生だ。

俺が転生して初めて会った時も泣いていたっけか。そう思うと、白鳥は案外泣き虫なのかもしれない。

正直、白鳥日葵のことはエロい女程度にしか思っていなかった。

そういう漫画だったから。彼女のエロいところばかり見ていて、イメージもそれで固まっていた。

だからこの現実では平穏に過ごしてくれたら良いと思った。彼女を遠ざけることで、俺はエロ漫画ではない普通の世界を生きる。そのために白鳥と野坂が恋人でいてくれたら、俺にとって都合が良かった。

「んく……ひっく……」

泣くのを堪《こら》えようとするが、それでも涙が止められない。白鳥はエロ漫画のヒロインじゃなかった。傷つく心を持った、普通の女の子だ。

「我慢すんな。思いっきり泣いとけ」

俺は白鳥を抱きしめた。胸に顔を埋《うず》めさせて、泣き声が漏れないように優しく押しつける。

白鳥の大きな声が、俺の胸の中でくぐもって消えていく。

ここはエロ漫画の世界だ。俺が元いたところとは別の世界だ。それは間違いないだろう。

だけど、ここにいる人たちはただの漫画キャラじゃない。俺も少しは認識を改めていかなければならなかった。

◇　◇　◇

教室に戻ると氷室が待ってくれていた。

「遅いじゃん晃生ー。……って、どしたん白鳥さん!?」

俺の隣にいる白鳥を見てぎょっとする氷室。泣き腫らした目から、何かあったのが丸わかりだ。

「悪い悪い、なんでもねえよ。さっさと帰ろうぜ。白鳥も気をつけて帰れよ」

何事もなかったかのように別れのあいさつをする。白鳥が大泣きしたことを誰かに話すつもりはない。少なくとも俺の口からは。

鞄《かばん》を持って教室を出る。先生に日誌を提出して早く帰ろう。

氷室は白鳥のことを気にしていたが、やがて小走りで俺の隣にやって来た。

「晃生ー。今日晃生んち行っても良い？」

「お前なぁ。気軽に男の家に来るなって何度言わせれば気が済む――」

氷室としゃべりながら廊下を歩き始めた時だった。

「ねえ……ご、郷田くんっ」

背後から腕を摑まれて足が止まる。

白鳥の震えた声。さっき大泣きさせたこともあって、振り返らずにはいられなかった。

「わ、私も……郷田くんの家に行っても良い？」

白鳥の潤んだ瞳が俺を映す。ドキリと、痛いくらい鼓動が強くなった。

◇◇◇

広くもないアパートの一室。俺の部屋で二人の美少女が甘い匂いを充満させていた。

「マジ？　野坂くんってもうちょっとまともな男子だと思ってたんだけどなー。人は見かけによらないね」

「ひどいって思うでしょ！　幼《おさな》馴染《なじみ》だから付き合いが長いけれど、今日ほど幻滅したことはなかったわ！」

パクパクパクパクパク。氷室と白鳥がケーキを食べながら愚痴っていた。ていうか白鳥は怒るか食べるかどっちかにしろよな。

白鳥の愚痴に氷室がうんうんと相槌《あいづち》を打つ。女子は愚痴で仲を深めることがあるらしい。

「晃生ー？　ケーキ食べてないじゃん。やっぱり苺《いちご》のショートケーキが良かった？」

「自分で食べられないなら、私が食べさせてあげるわ。はい、あーん♡」

「ちょっ！　それならアタシがするし！」

白鳥が食べていたチョコケーキを差し出してくる。氷室も負けじと食べていたショートケーキをフォークですくった。

「……」

俺はギャルと優等生を眺めながら思った。俺の家を溜《た》まり場にするんじゃねえっ！　と。

どうしてこうなったのか。話は少しだけ遡る。

幼馴染の言動を目撃して傷ついた白鳥。悲しみに暮れる彼女から「家に行っても良い？」と尋ねられて、それはもう断りづらかった。

最初は険しい顔をした氷室だったが、白鳥があまりにも泣きそうな顔をするものだから心配になったようだ。「どしたん？　話聞こうか？」と声をかけた。

「ここじゃ、話しづらいことなの……」

ここで氷室の女の勘ってやつが働いたのだろう。「晃生ー……」と俺を見つめてきた。なんとかしてやってくれ。そんな気持ちが伝わってきて、俺も事情を知っているだけにこのまま白鳥を放置するのは心苦しかった。

「良いじゃん晃生。アタシら晃生が泣いている女の子を襲ったりしないってわかってるから。話くらい、聞いてあげよ？」

なんという全幅の信頼を寄せられたものか。郷田晃生の意識が完全になくなっているのなら俺も賛成したところだが、絶対に危険ではないと断言できないことを俺自身が一番よくわかっていた。

だからって白鳥をこのまま放っておいて、また最初の頃みたいに夜の街に出ないとも言い切れない。割と自暴自棄になる女だからな。事件にでも巻き込まれたら悔やんでも悔やみきれない。

「わかった。少しゆっくりしていれば落ち着くだろうよ」

結局、俺は首を縦に振った。泣く子に勝てるわけがなかったのだ。

家に客人をおもてなしできるようなものは何もないので、帰り道にケーキと飲み物を買った。ケーキを選んでいる時から白鳥の機嫌が持ち直してきたように見えた。俺のおごりというのもあってか明らかにウキウキしていた。

やはり女といえば甘い物。計画通り、と笑っていたら危うく店から追い出されそうになった。凶悪顔でごめんね。

そして、俺の家に到着した白鳥と氷室は、ケーキを食べながら野坂の話をしているわけだ。

俺はといえば、それをぼんやり眺めていた。女子の会話って盛り上がっていると口を挟みづらいテンポ感になるよね。それって俺だけか？

「まあ友達間での空気ってやつがあるからな。野坂もそれで引っ込みがつかなくなったんだろうよ」

二人の「あーん♡」を受け取ってから、俺は野坂に対する感想を漏らした。

「それ、純平くんを許していい理由になるのかしら？」

「言って良いことと悪いことがあるでしょうよ。それとも何？　晃生は野坂の味方なわけ？」

笑顔の白鳥と激おこ状態の氷室に迫られて、俺は慌てて首を横に振った。氷室なんか「くん」付けじゃなくなってるし。それだけ怒っているということなのだろう。

「そ、そうじゃないぞ。一番悪いのは野坂だ。うん、あれはいけないよな、うん」

俺は全力で二人に同調した。これは我が身可愛さからの結論ではないぞ、うん。

野坂純平は原作主人公だ。彼女を寝取られる可哀《かわい》そうな立場だ。彼が被害者だという情報から、悪い奴《やつ》ではないと勝手に思い込んでいた。

元の世界の俺は、どちらかといえば野坂寄りの男だった。だからまあ、原作を読んでいる時は寝取られる側と寝取り側の両方の目線で楽しんでいた。

言いたいことは俺が特殊性癖……ではなく、野坂に対して悪印象を抱いてこなかったってことだ。

郷田晃生に対して警戒するのは当たり前だ。俺だって逆の立場ならそうするだろう。だから、俺に対する態度は別に良いんだ。

けれど、自分の幼馴染、それも元カノで大切な人だと言い切った相手にしてはならないことをした。

「幼馴染だからって何をしても良いわけじゃない。あんな風に話のネタにして……コケにしやがってっ。一体何考えてんだよ……!」

怒りが込み上げてきて思わず力が入る。気づけば握っていたフォークがぐにゃりと曲がっていた。

「あ、やべっ」

フォークを一本ダメにしてしまった。頭をがしがしとかいて怒りを抑える。

「郷田くん……。ありがとう。私のために怒ってくれて」

白鳥が声を震わせる。楽しくおしゃべりしていたように見えて、やはりまだ引きずっていたようだ。

「晃生って本当に変わったよねー。前は乱暴者って感じだったのに、今は女の味方してくれるんだもん」

「別に女の気持ちがわかるってわけじゃないぞ」

「でも、わかろうとしてくれるわ。そんな郷田くんだから私……」

白鳥が俺にしなだれかかってくる。長いピンク髪がサラサラと俺に向かって流れる。

なんでいきなり密着してくんの？　なんで意味ありげな視線を送ってくんの？　あっ、ちょっ、そこは触っちゃダメ……っ。

「ちょ、ちょっと待ったぁ――っ!!　アタシもいるんですけど⁉　ア・タ・シ・も！　この場にいるんですけど!!」

パニックになりかけた俺を、氷室の大声が引き戻してくれた。

だがしかし、白鳥は止まらない。むしろ挑発的な目を氷室に向けていた。

「わかっているわ。……宣戦布告をしているつもりなのだけれど？」

「んなっ⁉」

白鳥が不敵に笑う。対する氷室はわなわなと震えていた。

ちょっ、この流れはまずいぞ。なんとか流れを引き寄せようと口を開く。

「お前ら何言って──」

言い終わる前に、氷室が俺の頭を抱きしめた。巨乳の圧迫感に自然と鼻の下が伸びる。

「……上等じゃん。アタシ、負けないから」

「ええ、望むところよ」

さっきまで和気藹々《わきあいあい》としていた女子二人は、火花を散らして戦闘モードに移行していた。

女子の変化に俺ついて行けないよ……。

この修羅場をどうしてくれようか。ていうか氷室の胸柔らかいなぁ。白鳥も意図してなのか胸を当ててくるし……。あっ、やばい。また下半身に熱が……っ。このままでは郷田晃生の郷田晃生くんが暴れん坊になってしまうっ！

人知れずピンチに陥っていた俺の耳に、ガチャッと玄関が開く音が聞こえた。

「あれ？　今日は可愛《かわい》い女の子を二人も連れ込んでいたんだね」

「ねえ晃生くん？」と小首をかしげながら部屋に入ってきたのは、美人女子大生のエリカだった。

「え、誰……？」

「ちょっ、かなり美人なんですけど……」

突然現れた美人女子大生に、白鳥と氷室は争いを忘れて身構える。

「お邪魔だったかな？　……うん、別にそうでもないみたいだね」

どういう結論に至ったのか。エリカはマイペースな調子で部屋に上がり込んでくる。

「「「……」」」

三人の女子が向かい合う。本来なら美人が増えて華やかさに喜ぶところなのだろうが、なぜか空気が張り詰めていてとてもそんな気分にはなれなかった。

氷室は顔を強張《こわば》らせているし、白鳥は目を細めて警戒を表していた。

対するエリカはこの張りつめた緊張を上品な笑顔で受け流しているように見える。しかし、この場で一番の圧を放っている者こそ彼女であった。

「こちらは小山《こやま》エリカさんです。で、制服でわかるかもしれませんが、こちらは俺と同じ学校で同級生の白鳥日葵さんと氷室羽彩《はあや》さんです」

「晃生ー？　何そのかしこまった態度。そのエリカさん？　は、晃生とどういう関係なわけ？」

「うっ……」

セフレです。なんて言えるはずがない。さて、どうしたものか……。

俺はエリカをチラリと見やる。視線に「なんで連絡もせずに勝手に来たんだよ」と恨み節を込めておいた。

エリカはうんと頷《うなず》いて、ニコッと笑いながら口を開く。

「私は晃生くんの生活をお手伝いに来たお姉さんというところかな。彼、放っておいたらまともにご飯を食べられるか心配だもの」

「飯くらいは自分で作れるっての」

「「「えっ⁉」」」

ぼそっと反論すると、女子三人の声が重なった。揃《そろ》って信じられないって顔してんじゃねえよ。

「晃生って料理とかできんの？」

「バカにするな。野菜炒《いた》めとか……。あとはスクランブルエッグとか目玉焼きとか、卵かけご飯とかカップラーメンとか……」

「カップラーメンは料理じゃないって！」

氷室にツッコまれてしまった。いや、お湯の量の調節や食べるタイミングで味がちょっと違ってくるもんなんだよ？

「ていうか卵好きなの？　いや、卵かけご飯も全然料理じゃないんだけどさ」

「困った時は卵かけご飯だ。食材がない時でも、米と卵と醬油《しょうゆ》ぐらいはあるからな。それもない時はカップラーメンだ」

「確かに……。晃生の食生活って心配かも」

氷室はがっくりと肩を落とす。べ、別に毎日カップ麺を食べているわけじゃないぞ？

「でもまあ、これでわかっただろ。エリカは俺の身の回りの世話をしてくれてんだ」

せっかくエリカが誤魔化《ごまか》してくれているので、全力でのっからせてもらう。

「エリカ、いつも俺の世話をしてくれてありがとう」

俺は頭を深く下げる。この間スッキリさせてもらった礼を多分に込めておいた。

「そうなんだ……。エリカさん、変な態度取ってすみません。晃生のこと面倒見てくれてありがとうございます」

「なんでお前が礼を言うんだよ？」

「だって、晃生が世話になったんだもん」

だから理由になってないって。頭を下げて垂れた金髪のサイドテールをべしべしと軽く叩《たた》く。氷室は頭を振って、逆に俺の手をサイドテールを使って攻撃してきた。くすぐってえ。

「まあっ、晃生くんは氷室ちゃんとラブラブなんだね」

「ラブ……っ⁉」

氷室の顔がぼんっ、と一気に真っ赤になった。

「おいおい、からかってやるなよ。思春期の俺たちはそういう話題に耐性がないんだからさ」

「からかうつもりはなかったよ？　ねえ白鳥ちゃん」

「……」

白鳥はだんまりを決め込んでいた。ずっとエリカを警戒しているって感じだ。

エリカは気づいているのかいないのか、笑顔のまま小首をかしげる。

「白鳥ちゃんどうしたの？　そんなに見つめられたら私照れちゃうよ」

「小山さん……。今日は何をしに郷田くんの家に来たんですか？」

「ん？　晃生くんの生活のお手伝いをしに来たと言ったつもりだけど」

エリカがさらに首をかしげる。そんなに首を傾けて大丈夫か？

「それを信じると、本気で思っていますか？」

「んー……」

エリカが困ったように、けれど意味ありげな視線を俺に送る。「本当のこと言っても良い？」と聞かれているようで、少し迷った。

エリカが俺のセフレだと知られれば、白鳥と氷室から女の敵だと認識されてしまうだろう。

だが、それは偽りようのない事実だ。心の奥底に眠る郷田晃生を目覚めさせないためにも、俺はこれからもエリカとの関係を続けていく。完全に関係を切ってしまうならともかく、そうやってエリカを利用していくのに、隠し続けるのは難しいと思えた。

氷室は軽蔑するかもしれないが、俺から離れることはないだろう。白鳥は……、野坂のことがあったばかりだし、けっこうショックを受けるかもな。

だがしかし、今だけ誤魔化して乗り切っても意味がないのかもしれない。白鳥が俺と仲良くしたって良いことは何もない。彼女の相手が野坂である必要性はもう感じないが、だからって郷田晃生である必要もなかった。

……良いきっかけかもしれないな。中身が変わったとしても、悪役のレッテルが急に剝がれるわけじゃない。そのことを彼女たちに思い知らせてやろう。

「あんっ♡」

俺はエリカの肩を抱いて引き寄せた。息を呑《の》む音が聞こえた気がしたが、あえて無視をする。

「そうだ。エリカは家事をしに来ているわけじゃねえ。俺の身体《からだ》の世話をしてもらってんだよ」

悪役らしく、ニヤリと笑ってみせる。二人とも声を上げなかったものの、驚いているのがよくわかる表情だった。

「そう……。やっぱりね」

思ったよりも早く持ち直したのは白鳥だった。

「え、白鳥さん⁉　やっぱりって……」

「驚くことじゃないわ。氷室さんの方が、私よりも彼がどういう人かわかっていたんじゃないの？」

「そ、それは……」

氷室は顔を俯《うつむ》けてしまう。

氷室は郷田晃生と一番近い距離にいた女子だ。だからこそ悪行の数々に気づいていたっておかしくない。

原作では郷田晃生の命令に従っていたのが氷室羽彩というキャラだった。けれど今回は違う。勘づいてはいたかもしれないが、決定的な現場を目の当たりにすることはなかったのだ。

だからこそ、俺が彼女でもない女を食う最低男だと知って、抵抗感が生まれているのだろう。

俺は息をつく。これは完全に軽蔑されたな。

まあいい。リセットしただけだ。これから新しく俺として生きていければいい。俺のワガママに、こいつらを付き合わせる必要はないんだ。

……なのになぜだろう？　そういう覚悟でエリカとの関係を暴露したはずなのに、胸が痛くて仕方がない。

氷室、ついでに白鳥も。よく考えれば転生してから俺とまともに接してくれたのはこいつらだけだったもんな。

「俺がどういう奴《やつ》かわかっただろ？　だからもう帰れ。これからエリカと、甘い夜を過ごすんだからよ」

「晃生くぅん♡」

見せつけるようにエリカに顔を寄せる。彼女も甘い声で大人の色気を放っていた。

妖しい雰囲気に、氷室が臆したのがわかった。白鳥も……も？

「郷田くんがそういう人だってわかり切っていたことだから。それはどうでもいいのよ」

「……は？」

白鳥はあっけらかんとそう言った。むしろ前のめりになって俺たちに顔を近づけているんですけど？

清楚《せいそ》な女の子だと評されているが、やはりピンク頭。ピンク色の空気への耐性を持っているらしい。

「今更悪ぶって突き放そうとしても無駄よ。そういう女性、どうせ小山さんだけではないんでしょう？」

白鳥は真《ま》っ直《す》ぐな瞳を俺に向けていた。嘘《うそ》や誤魔化しは許さないといった態度に、自然と俺の背筋が伸びる。

エリカの肩を抱いたまま考える。白鳥はそんなことを聞いてどうするつもりなんだ？　その後の展開がまったく読めなかった。

氷室はおろおろしていて口を挟める様子ではない。白鳥の気持ちだけが、この場を支配していた。

「だったらどうした？　男そのものに幻滅でもしたか？　まあ人間星の数ほどいるんだ。俺みたいなクズ野郎は男の中でもレアだろうよ」

「あぁん♡」

見せつけるようにエリカの大きな胸を揉《も》んだ。あまり力は入れていなかったが、エリカも状況を察しているのか、甘い声を白鳥たちに聞こえるように上げる。

ここまで来たら引くことはできない。不潔だと罵るのならそれでも良い。どうせ、こんな俺の一面を隠したまま友達をやっていくなんてできないだろうからな。

そして今度は俺の愚痴を言い合うのだ。そうしているうちに白鳥と氷室なら仲良くやっていけるだろう。

せっかく仲良くなってきた関係は壊れるが、いつかはそうなる運命だった。エロ漫画の流れではなく、正常な高校生活に戻るのだ。青春ラブコメをする分には、遠くから応援しておいてやる。

「そういうところが、郷田くんの優しい部分よ」

「あん？」

なぜか微笑《ほほえ》む白鳥。ピンク髪だが清楚系ヒロインは伊達《だて》ではなく、なんとも男をときめかせる笑みだった。

「小山さん……いいえ、エリカさん」

「何かな？」

「少し、どいてもらっても良いですか？」

「うん。良いよ」

エリカはあっさりと俺から離れた。急に温《ぬく》もりを失って呆然《ぼうぜん》としてしまう。

「は？」

俺がぽかんとしている間に白鳥が正面から抱きついてきた。反射的に受け止めてしまう。

「ほら、抱きしめ返してくれるわ」

「し、白鳥っ⁉　お前どういうつもりなんだよ？」

俺を軽蔑したんじゃないのか？　そう問《と》い質《ただ》したかったが、それはできなかった。

なぜなら、白鳥が俺にキスをしたからだ。

「っ⁉」

唇に伝わる甘い感触……。柔らかくて、潤いがあって、とにかく甘かった。

「ん……ふっ……」

白鳥の鼻息でさえ甘く感じる。匂いも、味も、感触も。彼女のすべてが俺の脳を溶かそうとする。離れなければと頭では考えるのに、身体が動いてくれなかった。

「ふぅ……。郷田く……ううん、晃生くん。私はあなたのことが好きよ」

顔を離した白鳥は、俺に告白をした。

泣いていた時とは別の光が目をきらめかせていた。白鳥の瞳が綺麗《きれい》で、身体を硬直させたまま見惚《みと》れてしまう。

「別に、今すぐ彼女にしてほしいだなんて言うつもりはないわ。エリカさんを始め、きっとたくさんの女性と関係を持っているんでしょうし。ただ、私もその一人にしてほしいの」

「な、何を言って――」

「私は本気よ。少しでもあなたの傍《そば》にいたい。今考えられるのはそれだけだもの」

恋は盲目だなんて、よく言ったものだ。

まさに今の白鳥は恋愛しか見えていないのだろう。人生はそれだけじゃないってことを教えてやらないといけないのかもしれない。たとえ若者にウザがられるオヤジ扱いされようとも。

「晃生くん？　ここでカッコつける意味はないと思うよ？」

横からエリカが耳元で俺に囁《ささや》いてきた。

「身体の関係があったって、そのことで一生涯の責任を負う必要はないでしょう？　大事なのは当事者の意思だけだよ。交わらないとわからないこともあるからね」

「でも、それで白鳥が傷ついたら……」

「バカね。私が良いって言っているのだから、後悔なんてするわけないわよ」

白鳥は優しく微笑む。そして、再び俺と唇を重ねた。

「覚悟くらい決めてきたわ。だから私はここにいるのよ。……甘く見ないで」

「白鳥……」

そこまで言われてしまうと、もう何も言えなかった。

ここまでされて引き下がるほど、俺も大人ではない。いや、むしろここで引き下がってしまえば男ではないだろう。

「んむっ」

白鳥の唇を貪る。さっきまでの甘いばかりのキスじゃない。彼女を求めて、奪うような荒々しいキスだった。

「で、氷室ちゃんだっけ。あなたはどうするの？」

「うぇっ⁉　ア、アタシ？」

ずっとあわあわしながら俺たちを見守っていた氷室だったが、エリカに水を向けられて慌てていた。

「ん……はぁ……。私は氷室さんの気持ちを否定しないわよ。恋人ではないから浮気だと責めるつもりもないし」

「う……うぅ〜〜」

「何もないなら出て行ってね？　私と白鳥ちゃんはこれから晃生くんに可愛《かわい》がってもらうんだから♡」

エリカの笑顔の圧に抗《あらが》うように、氷室はガオーッ！　と吼《ほ》えるみたいに顔を上げて叫んだ。

「アタシも晃生が好き！　好きで好きで、大好き‼」

氷室の叫びは、俺への告白だった。

涙目で見つめられる。ギャルというより子犬みたいで、愛くるしい感情が込み上げてくる。

「白鳥さん、そこどいてよ！」

「わかったわ」

白鳥は素直に俺から離れた。代わりに氷室が俺の前にズンズンとやってくる。

「あ、晃生……」

「お、おう」

顔が触れそうな距離。そこまで勢いよく来たくせに、氷室がいきなりしおらしくなるものだから逆にドキドキさせられてしまった。

「アタシも、大体白鳥さんと同じ……。だからっ、その……」

氷室はこれでもかと顔を真っ赤にさせて、うんと溜《た》めてから言った。

「……チューして？」

氷室が目を閉じて唇を突き出してくる。慣れてないって感じのキス待ち顔だった。

「くっ……」

このバカ氷室っ。滅茶苦茶《めちゃくちゃ》可愛いじゃねえか！　どんだけ俺を最低野郎にしたいってんだよ。

「ちゃんと、覚悟して言ってんだな？」

「う、うんっ……もちろん」

氷室は小さく、でもはっきりと頷《うなず》いた。それほどの気持ちで俺に自分を差し出している。女にそこまでされて、止まる理由を見つける方が無理だった。

「ん〜……」

氷室と唇を重ねる。白鳥と違って強張《こわば》って緊張しているのが伝わってくる。

だがそれが良い。ゆっくりと氷室を味わい、解きほぐしていく。

「ふあぁ……♡」

時間をかけてやれば緊張もどこかへと消えていく。氷室は目をとろんとさせて、俺を求めていた。

「ぷはっ」

「あ……」

唇を離すと、氷室の舌が名残惜しいとばかりに伸ばされていた。また後で可愛がってやる。その意味を込めて金髪の頭を撫《な》でてやれば、彼女の表情が緩んだ。

「じゃあ晃生くん、そろそろしよっか♡」

エリカは自ら服をはだけさせて胸の谷間を見せつけていた。そんな彼女の姿を目にした経験のない二人は、これから始まるであろう行為に期待してか、瞳に情欲の炎を灯《とも》していた。

「……っ」

三人の美少女が俺に迫っている。こんなのエロ漫画でもなければあり得ない状況だ。

……そう、ここはエロ漫画の世界だった。

この世界で生きていく。本当にその覚悟を決めなければならなかったのは、俺の方だったのかもしれない。

「それじゃあ晃生くん、始めよっか♡」

「わ、私の覚悟の全部を受け取ってもらうわよ♡」

「晃生ー……優しく、してね♡」

こうして、俺は三人分の温もりに包まれながら至福の時を過ごすのであった。

◇◇◇

金、青、そしてピンク……。カラフルな髪色が俺の目を楽しませてくれる。

現実離れしてんなぁ。だが、髪色以上に現実離れした光景が目の前に広がっていた。

「んっ……」

三人の裸の美少女が、ベッドで寝ている俺に絡みつくように身体《からだ》を寄せているのだ。直《じか》に肌の感触を堪能し、心地のよい倦怠感《けんたいかん》を思い出す。

「ヤッちまったんだよなぁ……」

ついに白鳥と氷室の肉体を貪ってしまった。しかもエリカ含めて三人同時にいただいてしまったのだ。それを可能にした郷田晃生の竿《さお》の立派さに、今は尊敬の念に堪えない。

「晃生くん……後悔してる？」

呟《つぶや》きが聞こえたのか俺の腕を抱きながら眠っていた白鳥が、不安げに尋ねてくる。

「んなわけねえだろ。最高の女を抱いて後悔する男がいたらお目にかかりたいもんだ」

「ふふっ。そんなに良かったの？」

「最高だった。むしろ白鳥は初めてだったのに痛くなかったのか？」

白鳥は目をとろけさせながら、俺の腕を太ももでぎゅっと挟む。熱くて湿り気のあるそこに挟まれているだけで気持ち良かった。

「最初は少し痛かったけれど、不思議とすぐに気持ち良くなったわ。晃生くんが優しく気遣ってくれたおかげね。ここは……こんなにも凶悪なのにね♡」

白鳥の手の感触が俺の背筋をゾクゾクさせる。誘惑されているように思えて、少しだけ反応してしまった。

「自分の身体を労《いた》われよ。初めてだったんだ。今日はもうしねえぞ」

「それって、私の身体が慣れてきたらもっとたくさんしてくれるという意味？」

「……お前が望むならな」

「〜〜♡」

なんつーエロい顔しやがんだよ……。その表情だけで大抵の男が獣になっちまうぞ。終わったばかりだってのに、自分を抑えるのが大変になるだろうが。

「白鳥ちゃんも氷室ちゃんも、初めてだったのにすごく悦《よろこ》んでいたもんね。さすがは晃生くん、魔性の男だね」

俺の左側で眠っていたエリカが身体を起こす。彼女の表情はとても優しくて、少ししか歳《とし》が違わないはずなのに母性を感じさせた。

エリカの言葉に白鳥は恥ずかしがるどころか、幸せそうに小さく頷いた。

「はい。晃生くんが優しくしてくれたから……。おかげで私の胸の中にくすぶっていた感情が、彼への恋心だとはっきり証明されました」

「恋かぁ……。青春だね」

「エリカさんのおかげなんですよ？　あなたが今日ここに来なければ、晃生くんは何かと理由をつけて私を抱いてくれなかったでしょうし、私も想《おも》いを伝える勇気が出ませんでした」

「そんなことないよ。白鳥ちゃんならきっとできたよ。だってこんなにも強い想いだったんだから」

「エリカさん……」

俺を間に挟んで先輩後輩のようなやり取りをするエリカと白鳥。なんだかくすぐったい気持ちになるのはなんなんだろうね？

「晃生～。好きぃ～……むにゃむにゃ」

「こいつはなんつーベタな寝言言ってんだか」

仰向《あおむ》けで寝ている俺に覆いかぶさっているのは氷室だった。肉布団……、布団代わりになっている彼女の体温が感じられて温かい。

俺の胸を枕にして眠る氷室はあどけない寝顔を見せていた。よほど寝心地がいいのか、白鳥とエリカが会話をしていても起きる気配がない。

「晃生くんはモテモテだね。氷室ちゃんも初めてだったのにあんなにもとろけていたんだもん。愛だねぇ」

エリカがくすくすと笑う。慈しむように氷室の頬《ほお》を触っていた。妹みたいに思っているのかもしれない。

「白鳥ちゃんと氷室ちゃんにこんなにも好かれて。晃生くんって実は学校でモテモテだったりするのかな？」

「そんな物好きがいるわけ――」

「いませんよ」

俺が言い切るよりも早く、白鳥がきっぱりと否定した。

「晃生くん、学校じゃ恐れられていますから。誰も彼の良さに気づかないんです。だから、私たちくらいは晃生くんの味方でいてあげないといけないんです」

ぎゅっと腕を抱きしめられる。それが言葉とは裏腹に、絶対に譲りたくないという意思に感じられた。

「そっかー。なら、協力して晃生くんを守ってあげないとね」

「はい。そのつもりです」

何か通じ合ったみたいに、エリカと白鳥は似たような笑顔になった。微笑《ほほえ》ましいはずなのに、不安にも感じてしまうのはなぜだろうな。

「バカ言ってんじゃねえ。守るのは俺の役目だ。俺の女を、他の奴《やつ》なんかに二度と傷つけさせるかよ」

行くところまで行ってしまったのだ。ここまで深い関係になった以上、守るくらいの責任は果たすつもりだ。

たとえ幼《おさな》馴染《なじみ》が相手だとしても関係ねえ。俺の女を傷つけるのなら、容赦してやる義理はない。

「あ、晃生くん……っ♡」

白鳥は俺の肩に顔を押しつけた。何かを耐えるかのように、しばらく身震いしていた。

「こんなたくましい男に《守る》って言われて、何も感じない女はいないよね」

エリカも横になって俺の腕を抱きしめた。思った以上に強い力で、彼女の方を見つめてしまう。

「エリカも。何かあったら言えよ。お前も俺の女なんだからな」

「〜〜っ♡　……うん。あはっ、本当にたくましいんだから」

エリカも白鳥と同じように俺の肩に顔を押しつけて身震いした。俺はただ黙って彼女たちの感触を堪能する。

「ん〜。晃生大好きぃ〜♡　むにゃむにゃ……」

「氷室……。ったく、締まらねえなぁ」

気持ち良さそうに眠っている氷室を眺めていると力が抜けてくる。そのおかげで、この関係を案外あっさりと受け入れられているのかもしれない。

「ねえ晃生くん」

「なんだよ白鳥？」

「……白鳥じゃなくて、日葵って呼んで？」

甘えるような声音。思わず胸が震えるような感覚がした。

「というか、繋《つな》がっている時はそう呼んでくれたじゃない。羽彩ちゃんだって……。俺の女って言うなら、ちゃんとそう扱ってよ」

行為中のことを持ち出されて、気恥ずかしさが湧いてくる。頭をかきたかったが、今は両手とも塞がれていた。

「あはっ。晃生くんの負けだね」

「うるせー。勝ち負けじゃねえだろ」

エリカにからかわれて顔が熱くなる。照れている強面《こわもて》の男って誰得だよ。

別に行為が終わって冷静になったら、名前で呼ぶのが急に恥ずかしくなったわけではない。今までの癖が抜けていなかっただけだ。断じて照れて名前を呼べなかったわけではない。

「……日葵」

「〜〜っ♡」

小さく名前を呼んだだけで、日葵はなんとも緩み切った表情になってしまった。

日葵はしばらくニヤニヤした顔を抑えられなかったようだが、突然すっと表情を引き締めた。

「晃生くん」

「ん、今度はなんだよ日葵？」

「……晃生くん」

「日葵？　だからどうしたって——」

「晃生くん」

ずっと俺の名前を呼び続ける日葵。そこで彼女が何を求めているのか勘づいた。

「……日葵」

「晃生くん♡」

「日葵ー♪」

「晃生くぅーん♡」

「あはは。バカップルご馳走様《ちそうさま》です」

互いの名前を呼び合うだけで楽しくなっていた。エリカに笑われても、俺と日葵は頭の悪そうなじゃれ合いを続けた。

とりとめのない、意味のないおしゃべり。そうやって幸せなじゃれ合いをしていた。

それに気づいたのか、俺の上で眠っていた氷室……、羽彩がむくりと身体を起こした。

薄暗い室内でも、彼女の美しい裸体が淡く光っているように見える。羽彩のことを愛《いと》おしいと思う日がくるだなんて、転生した時は思いもしなかったな。

「晃生……」

「羽彩、起こしちまったか？」

羽彩はあどけない顔で笑った。

「晃生の……おっきくなったぁ♡」

「あ、ちょっ……おまっ」

寝惚《ねぼ》けた羽彩が覆《おお》いかぶさってくる。さらに連携しているかのように日葵とエリカに両側を押さえられたため、俺はろくな抵抗ができなかった。

まったく、仕方のない女どもだ……。俺たちの甘い夜は、もう少しだけ続くのであった。

◇　◇　◇

俺はまどろみの中で郷田晃生と出会った。

一瞬俺かと思った。そう認識してしまうほどに、郷田晃生の肉体が俺に馴染《なじ》んでいたってことか。

『ったく、人の身体《からだ》で好き勝手しやがって』

俺の声じゃない。同じ声だったが、それは元の郷田晃生のものだとすぐにわかった。

「なんだよ。怒っているのか？」

『何とぼけたこと言ってやがんだ。普通は怒るだろ』

そりゃそうだ。本来の身体の持ち主が現れたってのに、俺は呑気《のんき》に笑っていた。

「なら、身体を取り返しに来たのか？」

だったらとても困る。俺には手を出した女たちを守るという使命があるからな。

郷田晃生は俺の質問には答えず、怒声を飛ばした。

『お前も俺と変わらねえ！　女の身体を貪っただけだ。本当はあいつらの身体目当てだったんだろ？　善人ぶっててもいつかはボロが出るぞ』

「別に、俺は善人じゃないからなぁ」

『何？』

身体目当て、と言われれば否定はできない。

あれだけ魅力的な美少女に迫られて、手を出さないなんてことはできなかった。世のラブコメ主人公は本当にすごいと、今だからこそ心から尊敬できる。まさに理性の化け物だ。

本能を抑えられなかったのは、この身体が郷田晃生のものだったからではない。元の俺自身だったとしても、きっと拒絶できなかった。

それほどに魅力的なヒロインたちだ。繋がり合ったからこそ、守りたいし、笑顔でいてほしいと思うのだ。

「知っているか？　ここってエロ漫画の世界なんだぜ」

『は？　何変なこと言ってやがんだ』

「俺が抱いた美少女たちはな、全員お前が手籠《てご》めにするはずだったんだ。無理やりあんなことやこんなことをして、郷田晃生の竿《さお》なしじゃあ生きられないってくらいに変えちまうはずだったんだよ」

せっかく夢だと気づいたんだ。この際だから言いたいことを吐き出してしまおう。

本当なら自分の女にするはずだった。それを聞いて悔しがる反応を期待していた。

『……そうか』

なのに、郷田晃生の反応は薄いものだった。

「どうした？　悔しくないのか？　俺を追い出してやりたいって思わないのかよ！」

『バカ野郎が。俺にまで気遣いを見せるんじゃねえよ』

「……は？」

は？　いや、本気で何を言っているのかわからないんだけど？

俺が郷田晃生に気遣いなどするわけがない。だって相手は悪役最低野郎なのだ。そんな奴の身体を乗っ取って、女まで奪ったところで俺が心を痛めることなんて一つもない。

『無理やり手を出して、俺のモノだと言ったたって意味がねえだろ。だが、俺にはそんなやり方しかできなかったんだろうな。元からそういう奴だからよ』

凶悪な顔つきが変わったわけじゃない。ただ、奴の表情から棘《とげ》がなくなっているように見えた。

『テメーは俺だ。だからわかる。俺を怒らせれば身体の主導権を返せるかもしれない。そう考えたんだろ？』

「……」

『俺がわかるように、テメーも俺の気持ちがわかんだろ。……変な気遣いするんじゃねえ』

……別に、郷田晃生に対して気遣いなんかした覚えはない。

だけど、原作では語られることのなかった気持ちってやつが流れてきて、それに思うところがなかったかといえば嘘《うそ》になる。

郷田晃生は幼少の頃両親から疎まれて、周りにも味方がいなかった。小さい頃からそんな状況で、まともに愛情というものを与えられてこなかった。

女を食いまくるのは、愛情を求めていたからなのかもしれない。もちろん快楽を優先しているのは疑いようがないが、心の奥では自分を求めてほしかった思いがあったのだろう。だから快楽漬けにして自分を求めるように仕向けた。

なぜ寝取りに走ったのか、原作の流れが変わってしまったためにそれはわからずじまいだ。ただ、俺の中に郷田晃生という人間の記憶や感情が流れ込んできて、それが答えじゃないのかと思っただけだ。

「良いのか？　その、告白とかしないで……」

『これ以上言わせんな。変な気遣いはするんじゃねえよ。次言ったらぶっ転がすからな』

「転がすだけで許してくれるんだ」

郷田晃生には好きな女の子がいる。

漫画では語られることのなかった事実。郷田晃生になった俺しか知らない、彼の純粋な気持ちだった。

……じゃあなんで漫画であんな展開になるんだよ！　と、激しくツッコミたいところだが、そういうトチ狂った行動をしてしまうのがエロ漫画の竿役ってもんなんだろう。知らんけど。

「お前がそれで良いってんなら、もう何も言わん。俺の好きにやらせてもらうからな。……あの時土下座でもして代わってもらえば良かったたって後悔しても、もう遅いんだからな」

『ハッ』

鼻で笑われてしまった。今のはマジでムカついたんですけど？

『まあ自分自身に女を寝取られるって経験、今しかできねえからよ。テメーもせいぜい愛想尽かされねえようにがんばるんだな』

どうやら郷田晃生はＮＴＲに目覚めつつあるようだった。……寝取られる側なんですけど、良いんですかね？

「お前が良いってんならもう気にしないぞ。せいぜいがんばらせてもらうさ」

そう言った瞬間、意識が浮上していく感覚がした。

どうやら目覚めの時間らしい。最後に郷田晃生を見つめて、約束してやる。

「お前の好きな子は誰にもばらさないでおいてやるから。安心して成仏しろよ」

『俺は死んでねえ！　……しゃべったら本気でぶっ転がすからな』

男友達みたいな約束をして、俺たちは別れたのだった。

そうして、俺はまた現実に戻った。

五章　溶け込んでいく悪役

関係が変わると、日常の光景も少し変わるらしい。

朝の登校。通学路をのんびり歩いていると日葵《ひまり》とばったり会った。

「あっ、おはよう晃生《あきお》くん」

「こんなところで会うだなんて偶然ね」

「嘘つけ」

「うふふ」

穏やかな風が彼女のピンク髪をなびかせる。俺に向ける目は愛情で満ちていた。

日葵の家の位置を考えると、こんなところで合流するわけがない。俺を迎えに来たんだろうな。

「今日は早いのね。いつもならもっと遅くに家を出ていたと思うのだけど？」

「たまには早起きすることもあるさ」

「私に早く会いたかったんじゃなくて？」

「……もしそうだったら？」

日葵は笑顔で俺に抱きついた。勢いはあったが、郷田《ごうだ》晃生の筋肉質な身体なら楽勝で受け止められる。

日葵が……、日葵たちが俺の女になってからというもの、素直に好意をぶつけられるようになった。

原作とは別のまっとうで正しいルートを目指したつもりなのに、結局はヒロインと共にいる。だが、それをいけないことだとはもう思わなかった。

「あふっ……晃生くん♡」

日葵の華奢《きゃしゃ》な身体を抱きしめ返す。細っこい身体のくせして、押しつけてくる胸の感触はとても豊かだ。

ヒロインが巨乳なのは原作者の好みなのだろうか？　日葵はもちろん、羽彩《はあや》やエリカもかなりのモノをお持ちだ。どれほどすごいか、身をもって味わった。

どんな男でも魅了するであろう身体つき。それを存分にアピールされて、平常心を保つのは至難の業だろう。

「……学校に行くか」

日葵から身体を離す。滅茶苦茶《めちゃくちゃ》名残惜しさが込み上げてきたが、さすがにいつまでも外で抱き合っているわけにはいかない。

「ねえ……もう少しくらいなら良いでしょう？」

何が、とは聞き返さなかった。

日葵のぷっくりとした唇が少しだけ開き、切なげに吐息を漏らす。ただそれだけのことがエロく感じてしまった俺は悪くないはずだ。

なぜなら、誘惑しているのは彼女だからだ。

「これから学校だぞ？」

「まだ時間に余裕があるわ。遅刻しなければ平気よ」

「それが優等生のセリフかよ」

「ふふっ。誰かさんのせいで悪い子になってしまったのかもしれないわね」

悪びれもせず笑う日葵に、俺は説得するのを諦めた。

朝っぱらからどうかしている。そう思いながらも適当な場所を探している自分がいた。

「日葵、こっちに来い」

「うん♡」

日葵の手を引く。彼女は嬉《うれ》しそうに握り返し、いけないことだと知りながら悪役についていってしまう。

俺はエロ漫画の住人だ。そして、この現実を生きる人間だ。

……とりあえず、今はエロ漫画みたいな行為にふけるとしよう。ヒロインがお望みなのだから仕方がないってことで。

◇◇◇

郷田晃生の夢を見てから、下半身の熱が暴走する気配がなくなった。

あの夢を見たからなのか、ただ単にスッキリする頻度が増えたからなのか。タイミング的にはどちらとも言えた。

まあ今朝もスッキリさせてもらえたし、今日も一日万全の体調で過ごせるだろう。

「よう羽彩。おはよう」

「あう……。お、おはよう晃生……」

なんとか遅刻せずに登校できた。自分の席に座って羽彩にあいさつをすると、彼女は顔を真っ赤にしてぽしょぽしょと小声であいさつを返す。

金髪ギャルは恥じらう乙女《おとめ》のような反応である。まるで好きな人に突然話しかけられた人見知り女子のようだ。って言ったら意地悪になるか。

あの日、羽彩は日葵と共に俺の女になった。

ずっと恥ずかしがってばかりの彼女だったが、快楽で意識を飛ばしてからは俺でも驚くほど求めてきた。あのエリカが驚くほどだったのだから、相当なものだろう。

そして羽彩が再び目を覚ました時、正気に戻ったようで恥ずかしさで悶《もだ》えていた。

経験者になったとは思えないほどの純情っぷりであった。その反応に、同じく未経験者から脱したばかりの日葵に「可愛《かわい》い♡」とからかわれる始末だったのである。

「昨日もしちまったが、身体《からだ》は大丈夫か？」

「大丈夫っていうか……その、えっと……うぅ、晃生のバカ」

赤面した金髪ギャルは涙目になって睨《にら》みつけてきた。睨まれて可愛いと感じてしまう俺は正常で間違いない。

無造作に羽彩のサイドテールを撫《な》でる。女の髪に無断で触ったにもかかわらず、彼女は表情に喜びを表してくれて、ついその小さな顎に触れてしまった。

顎の下をこちょこちょと撫でてやれば、羽彩はだらしなく表情を緩ませた。犬のように尻尾《しっぽ》をブンブン振っているような姿を幻視してしまう。

「はうぅぅぅぅ〜〜♡」

愛くるしい彼女に、下半身がピクンと反応する。おいおい、さっきスッキリしたばかりだろうが。

落ち着いてきたかと思ったが、やはり暴れん坊が簡単に大人しくなるわけがないか。羽彩とじゃれるのをやめて、授業の準備をしておく。

「晃生ぉ……」

切なそうな羽彩の声。犬が悲しそうに「くぅーん」と鳴いているみたいに聞こえて、無視することはできない。

「また後でな」

俺がそう言った時に浮かべた羽彩の笑顔ったらもう……。後で全力で可愛がらなければという使命感が芽生えるのに充分な破壊力だった。

◇◇◇

「初デート記念にプリを撮るわよ」

学校で日葵と羽彩の可愛い反応をこれでもかと堪能してから迎えた放課後。俺たち三人は最寄りのゲーセンに寄っていた。

ゲーセンに寄り道しようと言い出したのは日葵で、先ほどのセリフも日葵である。真面目《まじめ》な優等生設定はどこ行った？

俺と羽彩は清楚《せいそ》なはずの彼女に引っ張られるままプリントシール機で撮影することになったのである。

「ほえ〜。中ってこんな感じになってるんだぁ」

口を半開きにして画面をまじまじと見つめている羽彩は完全に初心者だった。

見た目金髪ギャルだから遊んでそうに見えるが、不良がごく少数の我が校では遊び友達がいなかったのだろう。むしろ優等生だが友達の多い日葵の方が慣れている様子だ。なので設定はすべて彼女任せである。

「はい、晃生くんは真ん中ね。羽彩ちゃんももうちょっと寄って寄って」

「お、おう」

「こ、これでいいの？」

不良二人が優等生にリードされているこの状況……。原作を知っていると余計に不思議に思える。

「撮るから良い感じのポーズしてね。二人とも表情硬いわよ。笑って笑って」

「良い感じ」ってなんだよ。俺と羽彩の不良コンビはぎこちなく笑った。今は羽彩と気持ちがシンクロしている気がするよ。

機械音声が明るくカウントダウンしてくれる。パシャッ！　とシャッター音。無事に撮影が終わったらしく、やれやれと息をつく。

しかしまだ終わりではなかった。油断している俺の耳に次のポーズを要求してくる機械音声が届いたのだ。

「何出て行こうとしているの羽彩ちゃん！　晃生くんも油断しない。次行くわよー」

どうやらプリントシール機というものは写真を一枚撮れば終わりというものではないらしい。次々とポーズを要求されて、俺と羽彩はテンパってしまった。

「ほら羽彩ちゃん。可愛くにゃんにゃん猫ちゃんポーズするわよ」

「にゃ、にゃんにゃん？　な、何すればいいの⁉」

日葵が「にゃんにゃん♡」と可愛い猫ちゃんポーズをする。羽彩も見様見真似《みようみまね》でそれっぽいポーズをした。……猫耳つけてあげたい。

「こういうの、実はやってみたかったのよね♡」

「んっ」

日葵に首に腕を回されてキスされているところを撮影されてしまった。悪役が言うのもなんだが、こんなエッチな顔をしている美少女を撮っていいものなのか？

「ふぅ……。はい、今度は羽彩ちゃんの番ね」

「えぇぇー！　ちょっ……恥ずかしいし……」

「それならまた私の番でいいわよね？」

「や、やらせないしっ！」

「んぐっ」

　今度は顔を真っ赤にした羽彩にキスされた。どこぞのピンク頭のようなエッチな感じではなく、目をぎゅっとつぶって勢いのある口づけだ。ちょっと痛かったが、そんなのおくびにも出さずに受け止めるのができる男ってもんだろう。

　その一枚を撮っただけで、羽彩は肩で息をしていた。目がとろんとしており、俺のやる気を上げてくれる。

「羽彩ちゃん、今度は二人で……」

「わ、わかってるって……」

　両側から温《ぬく》もりが接近してくる。二人がやろうとしていることを察し、俺は両腕を広げた。

「あっ、晃生くん♡」

「晃生の手……力強いってば♡」

　俺は美少女二人の肩を抱きながら、両側の頬《ほお》にキスされて幸せになっている顔を撮影したのであった。

「ふふっ、良い記念になったでしょう？」

撮影が終わって、俺たちはプリントされたシールを分け合った。

「まあな……」

目にするだけで顔が熱くなるほどのラブラブっぷりが伝わってくる。プリントシール機は優等生女子を大胆にさせて、不良女子を照れさせてしまう空間なのだということを知ったのであった。

◇◇◇

そんなこんなで、少しだけ日常の変化を感じていた。

「おい郷田」

そんな俺に近づく影。まあ郷田晃生に話しかけてくる奴《やつ》なんて数える程度だけどな。

その数少ないクラスメイト。野坂純平《のさかじゅんぺい》が腕を組んで仁王立ちしていた。

とある日の昼休み。購買にパンを買いに行こうと廊下を歩いていたところを呼び止められたのである。

何やらただならぬ雰囲気を放っている。いつも俺と接する時は怯《おび》えが含まれていたのだが、今回は珍しく強気な姿勢を見せている。

「なんだよ？　俺は今忙しいんだ」

早く購買に行かなければパンが売り切れてしまう。昼飯抜きで午後の授業を受けるのは、もう勘弁してもらいたいものだ。

そんな俺の事情なんて知ったことではないのか。野坂は顎をくいっと持ち上げた。

「大事な話がある。ちょっと来いよ」

野坂は俺の返事も聞かずに歩き始めた。自分の意見が通るものだと、まったく疑いもしないという態度だ。

「……」

野坂純平。特別秀でた特徴のない、ごく普通の男子だ。原作でもそう描写されている。

彼が一つだけ誇っているものは幼馴染《おさななじみ》の日葵だけだった。みんなに自慢できる美少女を、まるで自分が獲得したトロフィーのように扱っていたようだ。

「私は純平くんに振り回されてきたわ。他の男子としゃべっているだけで怒るから、私も幼馴染以外の異性と話すのは良くないことなのかなって思い込んでいたわ。……そんなわけないのにね」

というのが日葵の言である。

日葵の行動には細かく口出しするくせに、自分は白鳥《しらとり》日葵という美少女を連れ回し自慢する道具にしていた。冷静になって振り返ってみれば、そういうことだったのだろうと彼女はため息をつく。

「……勘違いしてんじゃねえよ」

そんな男に、俺が悪感情を抱くのは当然だった。

今まで野坂に優しく接するように心掛けていたからな。寝取られ主人公で可哀《かわい》そうな奴。そう思っていたからこそ、こいつのイラッとする行為に目をつぶっていられた。

だが、もう俺は野坂のことを応援してやる気にはなれない。また日葵を傷つけるようなことをすれば、容赦しないだろう。

「ったく、どこへ連れていくつもりだ？」

頭をがしがしとかく。悪感情はあるが、俺から突っかかっていくことはしない。とりあえず今は言う通りについて行ってやることにした。

野坂は無言のまま先を行く。見た目は気の弱そうな男子に見えるのに、けっこう態度でかいよね。

「郷田」

人気《ひとけ》のない階段の踊り場。急に足を止めた野坂は、振り返って俺を睨みつけてきた。

「お前……あの時俺が言ったことを日葵にしゃべったんじゃないだろうな？」

「あの時？　何のことだ？」

一応すっとぼけてみる。野坂は目を吊《つ》り上げて怒りを露《あら》わにした。

「お、俺が日葵と……その、肉体関係を持った事実をだよっ！」

嘘《うそ》つけ。日葵が処女だったことは確認済みだ。嘘をついたのは野坂の方だと完全に証明されている。

「いや、俺は何も言ってないぞ」

嘘は言ってない。日葵はその場にいて直接聞いていただけだ。俺が教えたわけじゃない。

「じゃあ何で日葵は俺から距離を取っているんだよ!?」

野坂が吼《ほ》える。精一杯の怒号のようだが、俺は早くも面倒になっていた。

予想はしていたが、日葵に関することだった。彼女のことでもない限り、野坂が俺に対してここまで好戦的にはならないだろうからな。

「知らねえよ。そういう気分の日もあるんじゃねえの？」

「そんなわけあるか！　日葵はいつだって俺の気持ちを尊重していたんだ。なのにあんな……あんなことを俺に言うわけがないんだっ。日葵に何かあったとしか思えないだろ！」

日葵はこいつに何を言いやがったんだ？　まあ好きに言いたいことを言えたのならそれ

で良い。俺は彼女を応援するだけだからな。

「そうだよ、日葵が勝手にあんなことを言うわけがないんだ……。郷田、お前が何かやったとしか思えないだろ！」

ヤることはヤりましたけどね。わざわざそれを野坂に教えてやる義理はない。……まあ、恋人だとは胸を張って言えない関係だからってのもあるんだけどな。

それに、野坂はあくまで日葵の元カレだ。しかも幼馴染だからという理由だけで付き合った関係だ。日葵にとってはもう終わった関係で、すでに未練もなかった。

だから野坂に俺から言ってやれることは何もない。それでも、話をすれば少しは考えを改めるんじゃないか。この期に及んでも俺は野坂純平という男を見捨てきれなかった。

それに、「手を出さない」って約束を破った事実には変わりない。結局当人同士の問題ではあるのだが、野坂からすれば俺は裏切り者ってことになるのだろう。

その責任分の言葉くらいは、交わしておくべきだと思う。

「あいつが何を言ったかは知らんが、ちゃんと話は聞いてやったのか？　本当に好きなら、それくらいのことはしたんだよな」

「そんなことはどうでもいいだろ！」

「……あ？」

こいつ、今なんつった？

「どうでもいいわけあるか。好きな奴の気持ちを確認する。何をするにせよ、話はそれからだろうが」

「そんな話をしているんじゃないっ。幼馴染を拒絶するなんてあっていいはずがないんだ！　日葵が俺にしていい態度じゃないんだよ!!」

野坂は俺を睨《にら》み上げる。今まで友達面をしていたのが、悪い意味で生かされてしまっていた。

本来の郷田晃生相手ならこんな態度を取っていなかっただろう。俺を優しい奴とでも思っているのか、言いたい放題だった。

「野坂、少し黙れ」

「ヒッ」

野坂を睨み返す。それだけでこいつは喉を引きつらせた。

「いいか？　白鳥日葵はお前の幼馴染かもしれないが、所有物じゃない。あいつを尊重できない理由が野坂のエゴなら、んなもんに価値なんか一つもねえよ」

「お、俺のエゴ？　俺は日葵のためを思って――」

「だったらまず話を聞くことだな。お前の『守る』って言葉は押しつけがましいんだよ」

「なっ……!?」

野坂は絶句した。口をパクパクさせて、何も言い返せない。

「それにな、お前の見栄《みえ》のためにあいつは犠牲になった。あんな風にネタにして、日葵がどういう目で見られるか考えていなかったのか？」

「いや、だって……。あの空気じゃ仕方がなかったし……」

「言葉にして誰かに伝えた以上、本人に伝わらないなんてことないんだ。だから口に出した言葉に責任を持たなきゃならねえ」

「ぐっ……」

野坂は歯ぎしりをする。その目は敵意を抱いていた。

反論できるだけの言葉を持たないくせに、まだ自分が悪くないと思っているらしい。その目は「悪いのはお前の方だろ！」と叫んでいた。

納得する頭を持たない奴に何を言っても無駄か……。俺がそう諦めそうになった時だった。

「そんなところにいたのね晃生くん。探したわよ」

下の階段からぴょこんとピンクの頭が現れた。

ニッコリと笑うのは清楚《せいそ》系美少女と名高い優等生。そして、今まさに話題の中心になっている主人公の幼馴染、原作のメインヒロインである白鳥日葵だった。

「ひ、日葵？　な、なんでここに……」

突然現れた日葵に、野坂は明らかに動揺していた。彼女に聞かせられないようなことを言っていた自覚はあるらしい。

焦る野坂に目を向けることもなく、日葵は軽やかな足取りで階段を上がってくる。晴れ晴れとした顔で小さくジャンプして、俺の前に着地した。

「ありがとう晃生くん……」

呟《つぶや》くような声量は俺にしか届かなかった。どうやら日葵はさっきまでの会話を聞いていたようだ。

「行きましょうよ晃生くん。早くしないと昼休みが終わってしまうわ」

日葵が可愛《かわい》らしく腕を引っ張ってくる。それに待ったをかけたのは野坂だった。

「おい日葵！　何やってんだよっ。それに晃生くんって……こいつが勘違いしたらどうするんだ！」

「痛っ」

野坂が力任せに日葵の手首を摑《つか》んで俺から引き離した。よほど力を込めたのか、日葵の表情が歪《ゆが》む。

それを見た瞬間、頭がカッと熱くなった。気づけば、俺は野坂の腕を捻《ひね》り上げて壁に叩《たた》きつけていた。

「うがっ……!? 痛い痛い痛い——っ!! な、何するんだ——」

「それはこっちのセリフだ。俺の女に手を出してんじゃねえよ」

「……え？」

やべっ。勢いで「俺の女」って言っちゃった。

元カレの幼馴染に言って良かったのか？ 確認しようと日葵に顔を向けると、彼女は表情を輝かせてこくこくと頷《うなず》いていた。まるで王子様にピンチを救われたヒロインの顔だな。我ながら王子様というには凶悪すぎるが。

まだ言葉の意味を呑《の》み込めていない野坂に現実を突きつけることにした。

「テメーと日葵はただの幼馴染だ。前は付き合っていたようだが、もう別れたんだろ？」

「な、なんでそれを……。誰も知らないはずなのにっ」

呆然《ぼうぜん》とする野坂。日葵と別れたことを、自分からは誰にも話していなかったようだ。

「私が話したのよ。あなたと別れたこと。それから傷つけられたことをね。晃生くんは恥ずかしさを耐えてまで私を慰めてくれたわ。他の誰も、純平くんも、そこまでしてくれる男子は一人もいなかったわ。だから私は彼に恋をして……そして、告白したの」

「え……？」

野坂の顔が驚愕《きょうがく》に染まる。顔に出やすい奴《やつ》である。

「フリーの女に手を出しても問題はないよな？　もうお前の女じゃないんだからよ」

「郷田……お、お前……まさか……っ」

「想像通りだぜ。日葵は俺の女になった。気持ちも確かめ合った。文句あるか？」

人の顔が般若《はんにゃ》に変わる瞬間というやつを、俺は初めて目にした。

「郷田ァッ!!　俺の日葵を汚しやがったのか！　殺す！　テメェだけは絶対に殺してやる!!」

野坂は怒りの感情をぶちまけた。本当に人を殺してしまいそうな剣幕《けんまく》である。

夢の中ではあるが、郷田晃生ですらそんな物騒な言葉を使わなかったのにな。最低の悪役のはずなのに、実はものすごく穏やかな奴だったんじゃないかって思えてきたぞ。

野坂は暴れようと身体《からだ》をよじる。だが壁に押しつけられているので身動きが取れていなかった。

「くそっ！　放せ！　放せよ!!　うぐっ――」

あまりにもうるさいので肺を圧迫するように壁に押さえつけた。人気のない場所とはいえ、こうも大声を出されては騒ぎになるかもしれないしな。

まあ元々穏便に済むとは思っていなかった。けれど俺と日葵の関係を伝えるのなら、きっちりと教えてやらなければならない。

「いいか野坂。俺はお前から日葵を奪ったわけじゃねえ。日葵と話をして、お互いが納得した関係になったんだ。こんなに良い女を掴み切れなかったのはお前の責任だ。だから、二度と日葵を自分のものだと言うんじゃねえぞ」

「ぐ……ぐうううううううう……っ」

言葉にならない呻《うめ》き声《ごえ》を上げる野坂。さすがに強く押さえつけすぎたかと思い、少し力を緩める。

「卑怯者《ひきょうもの》……。卑怯者卑怯者卑怯者っ！　俺が日葵の傍《そば》にいる限り手を出さないって言ったのに……この嘘つきめっ‼」

「卑怯者？　嘘つき？　それはどっちよ」

日葵の声は冷え切っていた。仲の良い幼《おさな》馴染《なじみ》に向ける目ではなかった。

「純平くんは友達に私との関係を自慢していたみたいね？　私との初体験が最高だったんだって？　純平くんのテクとやらで、私が淫らな姿を見せたんだってね？」

声はさほど大きくもないのに、言葉を重ねるごとに日葵の威圧感が増していた。

野坂は顔を青ざめさせながらも、俺に鋭い言葉を発する。

「郷田！　この野郎っ、日葵にチクったな！」

「何を言っているの？　私もあの場にいたのよ」

「……え？」

頭が真っ白になったのだろう。野坂は本当に表情に出てわかりやすい奴だ。言葉がいらないほどに、今の状況のまずさを表していた。

「あなたが気持ち良さそうにしゃべっているのを廊下の角から聞いていたわ。みんなから羨ましがられて、とても嬉《うれ》しそうだったわね？　そんなに私との初体験が良かったの？」

「いや……あの……あ、あれは何かの間違いで……」

「……勃《た》たなかったくせに。よくもまああれだけ嘘《うそ》を並べられたものね。感心を通り越して見損なったわ」

大好きな幼馴染が発した決定的な一言に、野坂の顔が絶望に染まる。

ちなみに俺は何も言っていない。野坂のモノが使い物にならなかったんだろうなってのは想像でしかなかったし、男の沽券《こけん》に関わることでもあるので憶測で口にするのは憚《はばか》られたからだ。

日葵は何かのきっかけで気づいてしまったのだろう。そのきっかけがナニかは、俺の知るところではない。

そして、やはり野坂にとってその事実は大ダメージだったようだ。……致命傷になるほどにな。

「…………」

野坂は完全に言葉を失っていた。それどころか脱力してしまっていて、まったく抵抗しなくなった。

俺が手を離しても暴れる様子はない。それどころか自分から顔を壁に押しつけてしまった。反応がない。ただの屍《しかばね》になっていないだろうな？

「晃生くん、こんなところでのんびりしていたらご飯を食べる時間がなくなるわよ。早く行きましょう」

「え、良いのか？」

「良いのよ。あってないような男のプライドに固執しているだけの人に興味はないわ。それだけならまだしも、私を傷つけるだけの人とは関わりたくないもの」

野坂は反応しない。いや、微《かす》かに鼻をすすっているような音が聞こえる。もしかして泣いてんのか？

「そんな人とは違って、晃生くんは私に優しくしてくれて、守ってもくれる。それにここも、強くて硬くて立派だものね♡」

「お、おいっ⁉」

どこ触ってんの⁉　学校でこんなこと……、このピンク淫乱すぎない？

こんなやり取りをしているってのに、野坂は全然反応しなかった。壁に押しつけている
その顔は、きっと漫画でよく見ていたものになっているのだろう。

これ以上はオーバーキルになってしまう。俺たちの邪魔をしないのならもう放っておい
て良いだろう。興味もないからな。

「行くぞ日葵。野坂の用事はもう終わったらしいからな」

「うん♡」

俺は日葵と一緒に階段を下りる。残された野坂からは生命力すら感じなかった。

「本当にあまり時間がないわね。急ぐわよ晃生くん」

「わかったから引っ張んなって」

日葵に腕を引っ張られる。野坂の言葉でまた傷ついていないかと心配だったが、そんな
素振りが見られないのでほっと息をつく。

日葵に腕を引かれるまま辿《たど》り着いた場所は、郷田晃生が溜《た》まり場にしている空き教室だ
った。

「もーっ、遅かったじゃん。お腹《なか》ペコペコなんですけどー」

その教室で羽彩が俺たちを待っていた。昼食を食べずに待っていたらしく、プリプリと金髪サイドテールを振って可愛らしい怒りを見せる。

「ごめんね羽彩ちゃん。晃生くんが変な男子に絡まれちゃってたのよ」

「ふーん。晃生に絡んでくるって怖いもの知らずだねー」

「……純平くんだったから」

「あー……どんまい」

一応、日葵にとっては幼馴染の元カレだ。野坂の愚行に羞恥心が込み上げてきたようで、恥ずかしそうに顔を隠していた。

「日葵が気にすることじゃないだろ。それに、日葵が野坂にああやってはっきり言ったからこそ大人しくなったんだ。あの状況で俺が何を言ったところで無駄だったろうからな」

日葵があの場に来てくれなかったら話し合いにもならなかった。俺の言葉は届かず、ただ無為な時間になっていただろう。

「えー、何があったの？　気になるんですけどー」

「あまり良い話じゃないわよ？　とりあえずお弁当を食べましょうか。お腹空《す》いたでしょ？」

「賛せーい！」

羽彩は嬉しそうに手を上げる。日葵はそれを微笑《ほほえ》ましいとばかりに眺めていた。なんだか君ら、仲の良い姉妹みたいだね。

二人は弁当箱を取り出す。それを見て、俺は昼食を買っていなかったことを思い出した。

「パンを買いに行こうと思ってたのに忘れてたわ」

購買に行こうとしていたところを野坂に呼び止められたのだった。日葵の登場ですっかり忘れていたな。

急いで購買に行こうとする俺を、羽彩が引き留めた。

「だ、大丈夫……。ほら、晃生の分……作ってきたし」

羽彩が弁当箱をもう一つ取り出した。大きいサイズの弁当箱で、俺の胃袋に合わせたものだとわかる。

「晃生の口に合うか、わかんないけど……」

照れた顔を見せてくれる羽彩。こいつ、俺のために……っ。

羽彩から弁当を受け取る。中身は肉メインでありながらも、野菜で彩りも鮮やかだ。美《お》味《い》しさと栄養の両方を考えてくれたのだと、一目で伝わってきた。

「おおっ、美味《うま》そうじゃん。羽彩が作ったのか？」

「ま、まあね」

見た目に反して、は失礼かもしれないが、羽彩は料理のできる女子だったようだ。

食欲をそそられて腹が鳴る。羽彩と日葵から生温かい目を向けられたが、今は構ってやれなかった。

「いただきます」

手を合わせて早速羽彩の手作り弁当をいただく。一口サイズに切り分けられたハンバーグを口に放り込むと、冷えていながらも肉汁がじゅわっと溢《あふ》れてきた。

「う、美味《うめ》え……」

初めて女子の手作り弁当を食べた。その感動もあるが、羽彩の料理の腕が素晴らしかった。

自分が作ったものとは全然違う。コンビニ弁当だって歯が立たねえ。まさに別次元の味だった。

口の中に肉汁が広がっているうちに白米をかき込む。ハンバーグと米が混ざり合って、幸せの味がした。

「晃生ったら、そんなに急いで食べなくてもいいのに」

「美味すぎて止まらねえんだよ」

「そ、そう……。えへへ、喜んでもらえたなら良かった」

羽彩がほっこり笑う。その笑顔が可愛くて、さらに食が進んだ。

「むぅ……。晃生くん、次は私が作ってあげるわね」

「おう。楽しみにしているぜ」

褒められている羽彩が羨ましかったのか、日葵に対抗心が芽生えたようだ。優等生だし料理も上手《じょうず》だろう。楽しみだ。

ガツガツと羽彩の手作り弁当を食べる。そんな俺を、羽彩と日葵は微笑ましい表情で見守ってくれていたのであった。

「ふぃ〜、食った食った。ご馳走様《ちそうさま》でしたっと」

羽彩が作ってくれた弁当は男子高校生を満腹にさせるだけの量があった。あまりの美味さに、完食した今も幸せな気持ちのままだ。

「はあ？　野坂の奴《やつ》そんなこと言ってたの？　終わってんね」

羽彩は軽蔑した感情を隠そうともせずにそんなことを言った。

日葵から俺が野坂に絡まれた件を聞いての感想だ。眉を顰《ひそ》めて不快感を露《あら》わにしている。

「昔から人前では良い顔をして、裏では悪口を言っているような人だったわ。実害がなかったから気にしていなかったけれど……。今回は度が過ぎていたわね」

「そんな奴がよくもまあ晃生に正面切って文句を言えたもんだよ。まあ最近の晃生は優しかったし……。それでつけ上がったのかもね」

日葵と羽彩が同時にため息をつく。俺は食後のお茶を優雅に飲んでいた。ちなみにお茶も羽彩が用意してくれたものだ。

「つーか、日葵も野坂と別れたことをクラスメイトに言ってなかったの？　みんなその事実を知らないから野坂の言うことを信じちゃったんだろうし、言った方が良くない？」

「別に大したことではないから、わざわざクラスメイトの前で言わなくても良いと思ったのよ。だから仲の良い友達にしか言っていなかったわ。でも、晃生くんに迷惑をかけるならみんなに知ってもらった方が良いのかもしれないわね」

日葵が決意を固めたかのように握りこぶしを作る。

「だからって俺の女になったとは言えねえだろ。健全な関係じゃねえんだからよ」

日葵は俺の女だ。だがしかし、それは恋人という意味ではない。

俺には関係を持った複数の女がいる。日葵だけじゃなく、羽彩やエリカだっている。誰か一人を恋人というくくりにはできなかった。

「あら、私は構わないわよ。嘘の関係を吹聴《ふいちょう》されるよりも、本当のことを信じてもらいたいもの。私は晃生くんの女だってね」

日葵に迷いはない。俺のセフレだと認識されてもいいと、その目で覚悟を表していた。

「……好きにしろ。何があっても、俺はお前を守ってやるだけだ」

「晃生くん……」

日葵が静かに身体《からだ》を寄せてくる。体温が伝わるほどの距離。彼女の柔らかさを感じられた。

「アタシも……。何かあったら守ってくれる？」

「当たり前だ。羽彩は俺の女なんだからな」

「～～っ♡」

羽彩も俺にくっついてきた。二人の美少女に挟まれる形となる。幸せのサンドイッチ……具材は俺。

日葵も羽彩も熱っぽい瞳を俺に向けている。食欲が満たされて、今度は性欲が強くなってきたらしい。

「もうそんなに時間はないぞ」

昼休みの終わりが近い。イチャイチャするには時間が足りない。

「なら、急いでしてあげる♡」

日葵はのぼせたような顔でそんなことを言う。

そして、彼女の手が俺のベルトを掴《つか》んだ。優等生だけあって、その手際は滑らかなものだった。

「〜〜……っ♡♡♡」

食欲が満たされて高ぶっていたのは俺も同じだったようだ。優等生とギャルのタッグに、あっさりスッキリさせられるのであった。

◇　◇　◇

俺たちはなんとか午後の授業に間に合った。

「野坂はいないのか？　おーい誰かー。理由を知っている者はいるかー？」

しかし、そこに野坂の姿はなかった。先生が聞いても、誰も答えられない。

そして、放課後になっても、奴が戻ってくることはなかったのであった。

◆　◆　◆

郷田晃生は危険人物……。俺が最初に抱いた印象は正しかった。

「ううぅ……。こんな、ひどい……こんなことがあっていいはずがない……っ」

大きすぎる被害を受けてから、俺はそのことにようやく気づいた。

気づくのがあまりにも遅すぎた。郷田に日葵を奪われ、彼女らしくない言葉が俺の心を抉《えぐ》る。その痛みで郷田の本性に気づいた時にはすべてが終わっていたんだ。

そう、すべてだ……。日葵は俺のすべてだったのに。ずっと昔から好きな女の子だったのに！

「日葵が……俺に、あんなこと言うはずがないんだ……。ないんだ……あり得ない……っ」

涙がとめどなく流れる。全身が悲しみに支配されていた。

郷田と日葵が去ってからも、俺は階段の踊り場で立ち尽くしていた。壁に顔を押しつけて、現実を否定しようと額を何度も壁に打ちつける。

けれど夢から覚めることはなくて……。じんじんとした鈍い痛みが、これは現実だと突きつけてくるようだった。

「あの嘘《うそ》つきが悪いんだ……。俺を油断させて、その隙に日葵を……なんて卑怯《ひきょう》な……っ」

あの凶悪面を思い浮かべるだけではらわたが煮えくり返る。

郷田は確かに約束したんだ。日葵には手を出さないって……。少し優しい表情をしていたものだから信じてやろうって思っていたのに……っ。

「クラスで孤立していたから、こっちは不憫《ふびん》に思って優しくしてやったのに……っ」

恩を仇《あだ》で返された。厚意を踏みにじるなんて人間のすることじゃない。

クラスのみんなが郷田を怖がっている。そんな奴に恐れを抱かずものを言えるのは俺だけしかいない。

だから俺は郷田に誘われるまま勉強会に出てやった。あのクソ音痴相手でも一緒にカラオケで盛り上げてやった。

そんな俺の優しさを踏みにじりやがった。これが不良のやり方か。いや、これはもう詐欺師のやり口だ。

「詐欺師……騙《だま》された……？」

そこで俺は気づく。そうだ、日葵は騙されているのだ。

日葵は優しくて思いやりのある女の子だ。俺のことを一番に考えてくれて、いつだって俺のために行動してくれていた。

もしかしたら俺に危害が及ばないように、危険人物の郷田に接触したのかもしれない。奴を抑えようとして、逆に騙されてその身を蹂躙《じゆうりん》されてしまったのだ。そう考えれば納得できる。

「そうか……。それなら、すべてが繋《つな》がる……日葵があんな風になった辻褄《つじつま》が合う！」

日葵が俺に向けて放った言葉の暴力。普段なら絶対に口にしないはずだ。

でも、それが郷田に強要されたものならどうだ？　それなら日葵が言ったとしても仕方がないのかもしれない。

あれだけひどいことを言ったのだ。きっと心の中で泣いていたに違いない。日葵は俺が心配でたまらないだろう。

「また、気遣われてしまったんだな……」

それだけに、こんなことになるまで気づけなかった自分を許せない。

日葵は傷ついている。きっと自分を責めているに違いない。俺の幼馴染《おさななじみ》はそういう女の子だから。

「……でも、やり方を間違えすぎだ」

俺のためとはいえ、その身を犠牲にするだなんて間違っている。せっかくの綺麗《きれい》な身体が台無しだ。

日葵は汚れてしまった。勃《た》たなかったと言われたが、それこそもうそんな風に日葵を見られるか自信がない。

「……いや、今度は俺が日葵を気遣ってやる番だよな」

郷田に寄り添う日葵の姿が脳裏をよぎる。怒りが込み上げてくるとともに、ムスコがムクムクと立ち上がった。

日葵はもう処女ではないのだろう。郷田に純潔を散らされてしまった……。ただの哀れなビッチに成り下がってしまったのだ。

そこまでして俺を守ったのだ。だったらこれからも俺に奉仕するしかない。それしか、日葵に生きる道はないはずだ。

股間が熱く滾《たぎ》る。汚れた彼女を受け入れる。それが俺の責任であり、気遣いだった。

「……なら、どうする？」

郷田は俺の大切な日葵を汚したのだ。ただ恥をかかせるだけでは済まされない。済ましていいはずがない！

「……そもそも、あんな危険人物が学校にいたからいけなかったんだっ」

あんな奴は学校にいていい人種じゃない。郷田の存在そのものが間違っている！

郷田晃生という男がこの学校にいる限り、女子はずっと危険にさらされているようなものだ。なら、危険を排除しなければならないだろう。

少し痛い目に遭わせるだけじゃダメだ。孤立させるだけじゃあ強引な手段に出る可能性を高めるだけだ。それではなんの解決にもならない。

やるなら徹底的に。郷田を学校へ来られなくするような……。学校から追放できれば最高の結果だ。

「……そうだ。郷田を退学させればいいんだ」

先生だって郷田のことを嫌っている。いや、まずあいつを入学させたこと自体が間違ってたんだ。これは学校側の責任と言っていいだろう。

間違えた判断をした大人のせいで、俺は被害を受けた。ちゃんと働かなかった先生に代わって、俺の手で制裁を与えてやろう。

「……これは、正義の執行なんだっ」

郷田への憎しみが膨らんでいく。この怒りを抑えられそうにない。それだけ、日葵への気持ちが強かったのだ。

この俺を本気で怒らせた。その罪は万死に値する。

地獄に落ちてから後悔したってもう遅い！　俺を怒らせたらどうなるか……。その腐った脳みそでもわかるように、その身に叩《たた》き込んでやる！

「あ、あの……野坂くん、ですよね？　こ、こんなところでどうしたんですか？」

女子の声に振り返ってみれば、クラスメイトの黒羽梨乃《くろばねりの》が心配そうにこっちを見ていた。

「午後の授業に出ていなかったですけど、大丈夫なんですか？　なんだか目が怖いですし、顔も真っ青ですよ。とても具合が悪そうに見えますけど……その、保健室に行ってたんですか？」

「……午後の授業？」

「はい。もう放課後なんですけど……」

郷田をどうしてやろうかという考えに没頭していたせいで、チャイムの音にも気づかなかったらしい。授業を欠席してまずいとは思ったけど、郷田をなんとかする方法を考える方が先決だ。

「ねえ黒羽さん」

「は、はい？」

黒羽さんは日葵の中学の頃からの親友だ。

つまり、幼馴染である俺も黒羽さんと話すことが多かった。彼女なら協力者として信頼できるだろう。

「……」

「あ、あの……なんですか？」

俺に見つめられて恥ずかしかったのか、黒羽さんは身をよじる。

今まで日葵のことばかりで、黒羽さんのことをよく見てあげられていなかった。じっくり観察すると、眼鏡《めがね》をかけて地味な印象ではあるが、顔立ちは整っている。

それに、小柄ながらに胸がでかい。よく見れば日葵に負けないくらいの巨乳じゃないか。

隠れ美少女ってやつか。魅力的なスタイルなのに、男っ気を感じさせない態度にとても好感をもてた。

「日葵を助けるために、協力してほしいことがあるんだ」

俺は笑って切り出した。口元から「ニチャァ」と粘着質な音が聞こえたが、たぶん気のせいだろう。

◆◆◆

六月に体育祭がある。

原作開始が夏休み前の七月だった。体育祭の描写がなかったので、どんなものになるかは予想するしかない。

「体育祭ってパン食い競走とかあるのか？」

「え、何それ。めっちゃ面白そう！　アタシけっこう食べられるよ」

羽彩は目をキラキラさせる。大食い競走じゃねえよ？

まあ原作がエロ漫画とはいえ、学校行事は普通にやるだろう。そんなに身構えて挑むものでもないか。

そんなわけでホームルーム。体育祭実行委員を誰にするかという話し合いが行われた。

「えー、体育祭実行委員なんですけど。やりたい人はいますかー？」

教壇に立ったクラス委員長が呼びかける。誰もがやりたくないとばかりに目を逸《そ》らしていた。

実行委員は貧乏くじとでも思っているのだろう。挙手しようとする気配すらない。教室は重たい沈黙に包まれた。

委員長は困ったように教室内を見渡す。誰も視線を合わせてくれないようで、困り果てていた。

なので俺は熱烈な視線を送ってあげる。「俺でもええんやで」と視線に気持ちを込めてみた。委員長は俺から視線を逸らした。なぜだ！

「えーと、他薦でもいいんですけど」

委員長の一言で教室に緊張が走った。

「お前やれよ」

「いやお前こそ」

「あの人が良いんじゃないかな？」

小さな押しつけ合いが始まった。

自分はやりたくない。でも話し合いはさっさと終わらせてしまいたい。そんな気持ちが透けて見える。

「俺でも良いか？」

挙手をしながら委員長に尋ねてみる。まさか俺が自ら手を挙げると思っていなかったのか、委員長は驚きの表情を見せていた。

ざわっざわっ。驚きは教室中に広がっていた。だが、とくに反対意見はなさそうだ。

「う、うん。良いんじゃないかな」

クラス委員長は絞り出すように言った。俺に抱く恐怖がありながらも、実行委員が決まってほっとしている様子だった。

「えっと、体育祭実行委員は男女一人ずつだから。女子からも良いかな？」

でも相手は郷田くんだしなぁ……。そんな空気が感じられる。別に良いんですけどね。

「体育祭実行委員って、アタシでもできんの？」

「たぶんな。俺ができるんなら羽彩でもできんだろ」

というか俺と一緒にやってくれそうな女子って羽彩か日葵くらいしかいない。決まらないと話し合いが終わらないのなら、どちらかがやるしかないだろう。

「はい」

可愛《かわい》らしい声とともに、小さい手が挙がる。

それは羽彩ではなかった。彼女は半ばまで手を挙げた状態で固まっていた。先を越されるとは思っていなかったらしい。

「え」

俺も驚く。挙手したのは日葵でもなかったからだ。

「えっと、黒羽さん。本当に良いの？」

「相手は郷田くんだけど」と後ろにつきそうな言い方だ。だけど、その女子に迷いや躊躇《ためら》いはなかった。

「はい。誰かがやらないといけないことですから」

委員長はほっとしたように胸を撫《な》で下ろす。黒板に体育祭実行委員の名前を書いて、これで仕事が終わったとばかりに晴れやかな顔になった。

黒板には郷田晃生と、黒羽梨乃の名前が書かれたのであった。

◇◇◇

黒羽梨乃。俺はこの名前を知っている。

クラスメイトだから……ではなく、もちろん原作の登場人物だからだ。

ふわふわした緑髪。美しい黒髪ではなくて、本当に緑色の髪をしている。当然と言うべきか彼女も地毛である。

小さい顔に黒縁眼鏡が大きく見える。野暮《やぼ》ったく見えなくもないが、漫画で見るだけでもその素顔は美少女だった。

小柄な身体《からだ》に不釣り合いな胸部装甲。ヒロインが全員巨乳なのは原作者のこだわりなのだろう。そこについてはもう何も言うまい。

さて、問題は彼女の役割だ。

原作での黒羽は、日葵の中学からの親友だ。それと同時に、野坂純平に対して恋心を抱いているヒロインでもあった。

日葵が郷田晃生に襲われて、夏休みという長い期間をかけて調教された。野坂が彼女を寝取られたことに気づいた頃にはすべてが遅すぎて……心を折られて絶望するのだ。

それに気づいた黒羽は野坂を慰める。彼女の優しさと想《おも》いに気づき、野坂は立ち直るのだ。

この辺の流れは「この娘《こ》したたかだなぁ」と感想を漏らしたものである。親友が不良に身も心も変えられてしまったのに、最初の行動が想い人を慰めるものだったからな。まあ野坂の絶望っぷりもすごかったし、そっちを心配してもそこまで変ってわけじゃないのか。

もちろん黒羽も郷田晃生の毒牙にかかる。完全に彼女に気持ちが傾いていた野坂の絶望っぷりは、幼馴染《おさななじみ》を奪われた時に負けないくらいすごかった。画力が違ってたね。

「郷田くん、早速今日の放課後から体育祭実行委員会がありますので、よろしくお願いしますね」

「おう。こっちこそよろしくな」

寝取り男と寝取られる女との組み合わせ。原作を知っているだけに、このペアで学校行事に取り組むことがとても不思議に感じられた。

とはいえ原作のような展開にはならないだろう。まず俺にその気はないし、俺の女がすでに三人もいるので下半身が暴走する暇もない。

日葵の好意が俺に向いていることに気づけば、黒羽は野坂を慰めに行くかもしれない。そうなれば俺を完全に悪者認定してしまうだろう。俺に近づくことはなくなる。元々そんなものだったので、全然気にならなかった。

「おぉ、それはそれで原作に近い流れではなかろうか」

俺が黒羽に対して何もしなければ、野坂は黒羽と結ばれるかもしれない。変に恨まれるよりもその方が俺も安心できる。悪口くらいなら聞き流してやろうじゃないか。

「実行委員会の場所は会議室ですよ。行きましょうか郷田くん」

「おう。さっさと終わらせようぜ」

放課後。俺は黒羽と一緒に教室を出た。

普通に体育祭実行委員の仕事をやればいいんだ。普通にな。そうすれば原作の時期はずれるが、元のルートに戻って穏やかに過ごせる。

教室を出る間際、チラリと空席の机に目をやる。

……野坂は今日も欠席していた。

◇◇◇

体育祭実行委員の仕事とはどんなものだろうか？

「用具の準備や後片付けはもちろんですが、種目決めやスローガン作成、議事録をまとめたりなどがありますね。当日も係によっては忙しいでしょう」

ぽつりと呟《つぶや》いただけの疑問に、黒羽は律儀に教えてくれた。

「そうなのか。教えてくれてありがとうな」

「いえ、同じ実行委員の仲間ですので」

黒羽梨乃。大人しいというか、おどおどした態度の印象が強い女子だった。

実際に、転生した最初の頃は俺を怖がっていたと思う。クラスメイトと似たような反応をしていたし、俺に近づく日葵を心配していた。

だが、今の彼女からは俺に対する恐れを感じない。自然というか普通というか。不良生徒ではなく、一人のクラスメイトとして接してくれているように思えた。

……でもこの娘、原作では野坂のことが好きだったんだよなぁ。

「ここが会議室ですね。あまり入ったことのない場所ですから緊張します」

「だな。まあやることは体育祭を盛り上げるための仕事だ。あまり気負わずにいこうぜ」

目の前には会議室のドア。そこに入る前に、黒羽は小さな声で言った。

「……郷田くんってちゃんと学校行事に参加するんですね」

「そりゃ俺も学生だからな」

「あ、ごめんなさい。そういう意味じゃなくてですね……」

黒羽は慌てたように首を振る。彼女の緑髪がふわりと揺れた。

「わかってるよ。俺だって自分が周りにどう思われているか知っているつもりだからな」

「いえ……」

「その評価は俺自身の積み重ねだ。これからは少しでも見直してもらえるように、いろんなことを真面目《まじめ》に取り組んでいきたいんだ」

黒羽が眼鏡《めがね》の奥で目をパチパチと瞬かせる。小顔だからか、目がとても大きく見える。

「こんなんだけど、俺も青春ってやつがしたいんだよ。今更だけどな」

「青春、ですか？」

「ああ。体育祭とかまさに青春って感じの行事だろ？　俺は見た目通り、けっこう運動が得意なんだ」

「別に実行委員に運動の得意不得意は関係ないと思いますけど」

「そこはツッコまなくてもいいだろうよ」

黒羽は小さく笑った。小動物っぽくもあり、少し気品を感じさせる笑い方だった。

「……日葵ちゃんが言った通り、郷田くんは怖い人ではないんですね」

黒羽が小さく口を動かす。何か言ったようだったが、よく聞き取れなかった。

「ん、何か言ったか？」

「いいえ。早く会議室に入りましょう」

そうだった。実行委員会があるのに、こんなところでおしゃべりしている場合じゃない。

俺たちは会議室のドアを開けた。

「ヒッ⁉」

先に来ていた各クラスの実行委員たちが俺たち、というか俺を見た瞬間驚いていた。さすがに顔を出しただけで怯《おび》えられるってのは心が痛むよ。

「あいつ、あの有名な郷田だろ？」

「実行委員なんて絶対にしなそうなタイプだろうに……何しに来たんだ？」

「も、もしかして体育祭を滅茶苦茶《めちゃくちゃ》にしようとしているんじゃあ……」

うん、もう少し聞こえない声量でしゃべろうね。あと言葉を選んでほしいなぁ。

自分に振りかかる言葉や態度に思うところがないと言えば嘘《うそ》になる。

でも、黒羽に言ったように今の評価は仕方がない。見直してもらうためには、真面目に取り組んで俺が変わったということを実際に見せていくしかない。

「体育祭を盛り上げるために少しでも力になれたらと思って実行委員になりました！　皆さん、どうぞよろしくお願いします！」

大きな声で宣言し、礼をした。困惑した空気の中でも、「あ、ああ」や「よ、よろしく」など返事が聞こえてくる。

「……郷田くん、席に着きましょう」

黒羽に促されるまま空いている席に着いた。いきなり隣であいさつされて、彼女にとっては注目を浴びて迷惑だったかもしれない。反省。

俺という存在が雰囲気をぎこちなくさせるかもしれないと覚悟していたのだが、そんなのは杞憂《きゆう》と言わんばかりに会議は滞りなく進行した。

各自の役割を決めてから、種目の意見を求められた。俺はパン食い競走を提案してみた。割と「面白そう」という評価が多く集まり、種目に取り入れられることになった。

あとは役割ごとに分かれて、こまごまとしたことを決めていく。意外と言ってはなんだが、一回目の会議でけっこう進んだと思う。

「郷田くんが積極的だったから良かったんだと思いますよ？　最初に手を挙げてくれた人がいたから、みんなも意見を出しやすかったんですよ」

会議が終わった後に、黒羽が褒めてくれた。

「そうか？　俺がどうとかってより、みんなが熱心だったからだろ。お祭り好きっていうか、体育祭を盛り上げようって空気がすごかったぞ」

最近の高校生はこんなにも熱心なのかと感心したものである。まあ漫画の世界なのでイベントごとには気合いが入るものなのだろう。

……エロ漫画の体育祭ってエッチなイベントのオンパレードじゃないの？　と、ちょっとだけ期待したのは内緒である。うん、ちょっとだけしか考えていないからセーフ。

「あっ、晃生くん梨乃ちゃん。お帰りなさい」

教室に戻ると日葵が待っていた。

放課後なので他の生徒の姿はない。暇な時間を過ごさせてしまっただろうか。

「勉強していたから暇じゃなかったわ」

俺の心を読んだかのようにそんなことを言う日葵。確かに机には教科書とノートが広げられていた。

「梨乃ちゃん、実行委員会はどうだったの？」

「みんなやる気があって楽しかったよ。今年の体育祭は面白くなるかも。日葵ちゃんも期待していてね」

日葵と黒羽は楽しそうにおしゃべりする。

黒羽と少し仲良くなれたかもと思ったが、さすがに親友との接し方は違っていた。仲良しの友達が相手だと敬語がなくなるらしい。そういうしゃべり方がデフォルトだと思っていたから新鮮に感じられる。

「それに、郷田くんの印象がちょっとだけ変わったかも……」

「晃生くんがどうかしたの？　教えて梨乃ちゃん」

「えっとね――」

黒羽が日葵に耳打ちをする。よく聞こえないが、日葵の表情が段々と笑顔になっていった。

え、何を話してんの？　かなり気になったのだが、女子同士の秘密の話のようで俺には聞かせてくれなかった。

「そっかそっかー。晃生くんは可愛《かわい》いのよね」

「オイ。何話してんだよ？　可愛いってなんだ？」

「何でもないわ。晃生くんは気にしないで」

「気になるってのっ」

日葵と黒羽が揃《そろ》って「ねー」と言ってクスクス笑う。タイプは違うけど、確かにこの二人は親友のようだ。

「それじゃあ晃生くん。帰りましょうか」

「黒羽と一緒じゃなくても良いのか？」

黒羽の方を見ると、すでに俺たちを見送るつもりでいるのか手を振っていた。

「あたしは部活がありますから。二人とも気をつけて帰ってくださいね」

「というわけよ。早く帰りましょう。羽彩ちゃんも待っているんだから」

日葵に腕を引っ張られる。歩き始めると腕を抱きしめられ、幸せの感触が伝わってくる。

教室を出る前に振り返って黒羽にあいさつをする。

「じゃあな黒羽。今日はありがとうな。帰る時は気をつけるんだぞ」

「はい、さようなら。体育祭が終わるまで一緒に実行委員をがんばりましょうね」

俺と日葵は見送られながら教室を出た。

「……あれが、野坂くんが言っていた郷田くんの本性ですか」

教室に残された黒羽の呟きは、俺に届くはずがなかったのであった。

◇　◇　◇

てっきり別の場所で羽彩が待っているのかと思っていた。学校を出ても合流しないので、先に帰ったのかとちょっぴり残念に思った。

「お帰りー。どうよ？　けっこう綺麗《きれい》になったでしょ」

待っているのは待っていたのだが、その場所は俺んちだった。帰宅して一番に、羽彩のドヤ顔が飛び込んできた。

何をそんなに得意げにしているのかと思えば、どうやら俺の部屋を掃除していたらしい。一人暮らしする男の汚い部屋が、まともに見られる程度には片付けられていた。

「お前、ずっと掃除していたのか？」

「そだよー。日葵と勉強するのはめんどいし。だったら晃生の役に立てることをちょっとでもしたいじゃん」

良い汗をかいたとばかりに額を拭う金髪ギャル。弁当もそうだったが、案外家事スキルが高いギャルのようだ。

「ありがとな羽彩。助かったぜ」

「えへへー」

羽彩の頭を撫《な》でる。我ながら乱暴な手つきだってのに、羽彩は気にするどころか嬉《うれ》しそうにしていた。

「で？　合鍵はどうしたんだ？」

「あだだだだーっ！　痛い痛いってーーっ！」

羽彩の頭を摑《つか》み力を込める。乙女《おとめ》らしからぬ悲鳴が木霊《こだま》した。

羽彩に合鍵を渡した覚えはない。勝手に作ったのなら、きつく説教をしてやらないといけないな。

「え？　合鍵はエリカさんがくれたわよ？」

日葵が「ほら」と自分の分の合鍵を見せてくる。お前も持っているんかい。

いつの間に……。今度エリカを説教してやらなければならないようだな。いや、彼女なら大家にも根回ししているかもしれないか。気づかなかった時点で俺の負けだろう。

「もしかして、私たちが合鍵を持っているの……嫌だった？」

日葵がしゅんと肩を落とす。こんな悲しそうな顔を見せられたら、勝手に合鍵を作られたくらいどうってことないように思えた。竿《さお》役は見られてなんぼだ、プライバシーなんて関係ねえ！

「別に嫌じゃないぞ。お前らは俺の女だからな。好きな時にでも来ればいいさ。たとえば、抱かれたい時にでもな」

「晃生くん……♡」

日葵がうっとりと息をつく。俺はニヤリと悪役らしく笑った。

「ちょっ……何それ！　アタシは痛い思いしただけなんですけど⁉」

羽彩が抗議してくるが、聞こえないフリをした。

「もーっ！　晃生ってばひどいよ」

「そんなことよりも羽彩ちゃん。買い物はしてあるの？」

「そんなことよりもって……。日葵も大概ひどいよね。はいはい、食材はちゃんと冷蔵庫に入れてあるよー」

「ふふっ。今度は私の料理の腕を見せつけてあげるわ」

羽彩は買い物もしてくれていたようだ。冷蔵庫の食材を使って日葵が夕食を作ってくれることになった。

その間は大人しく羽彩と雑談して待つことにする。

「まさか晃生が体育祭実行委員になるだなんてねー。真面目《まじめ》な晃生、超ウケる」

「変か？」

「ううん。超カッコいい♡」

羽彩がにまにまと笑う。こいつの褒め言葉はわかりにくいのかわかりやすいのか……。

可愛いから許してやるけど。

「今日の実行委員の話し合いでパン食い競走をねじ込んでおいたぞ」

「マジ？　よっしゃ、それ絶対アタシが出るからね」

羽彩は腕まくりをする仕草をして気合いを見せる。大食い競走じゃないってわかってんのか？

羽彩と中身のない雑談を楽しんでいると、カレーの良い匂いが漂ってきた。

「腹が減ってきたな」

「カレーの匂いって食欲そそるよね」

最初、日葵は肉じゃがを作るつもりだったのだが、俺が「肉じゃがよりカレーが食いてえな」と言ってしまったために急遽《きゅうきょ》予定を変えてくれたのだ。羽彩も「こんなこともあろうかと」とカレールーを買ってきていた。

「晃生ー、ご飯の前にシャワー浴びなくていいの？」

「後でもいいだろ。……もしかして、したくなったか？」

「べべべべべべ別にっ⁉　汗かいてないかなーって……思っただけだし！」

一瞬で顔を真っ赤にさせる金髪ギャルだった。本当に何気なく言っただけなんだろうなぁ。

だが、せっかくなのでいじってやろうか。ろくに考えもせず、不用意なことを口にする羽彩が悪い。

「そうか？　せっかくなら羽彩と一緒に入ろうかと思ったんだがな」

「アタシと一緒に⁉」

「そんなに驚くことでもないだろ」

羽彩の肩に腕を回す。我ながら軽薄だなと思いつつ、彼女の胸に手を添えた。

「俺はもう、お前の全部を知っているんだからよ」

「〜〜っ⁉」

羽彩の目がぐるぐる回ってしまった。「全部を知っている」は言いすぎにしても、身体《からだ》を重ねた仲なんだからそんなに恥ずかしがらなくてもいいだろうに。

「私が料理中なのに、イチャイチャしてくれるじゃない？」

日葵がこっちに顔を向ける。ニッコリ笑っているのに、なぜか背筋に悪寒が走った。包丁握っているのが怖いんですけど……。

「別に見せつけてはねえよ。なあ羽彩？」

「う、うんっ。全然だしっ」

「一緒にシャワー浴びるのは飯を食った後でな」

「〜〜⁉⁉⁉」

金髪のサイドテールをかき上げて耳元で囁《ささや》いてやる。一度油断したからか。羽彩は声にならない悲鳴を上げた。

「エリカさんって今日は来ないの？」

羽彩が顔を真っ赤にして動かなくなった。それをわかってか、日葵が質問を投げかけてくる。

「エリカは毎日来るわけじゃないからな。むしろここに顔を出す方が珍しいくらいだ。俺もあいつがいつ来るかはわからねえ」

「そうなのね。意外だわ」

「そんなに意外か？」

俺からすれば、そう思われている方が意外だった。

彼女は女子大生だ。俺たちとは予定も違うだろう。

それに、エリカは二人のように好意だけで俺のところに来るわけじゃない。はっきりセフレと言える関係だ。お互い欲を満たせればいい。彼女自身が言ったことだ。

会いたいと思っても来てくれるわけじゃない。そのもどかしい距離感が、俺たちには合っているのかもしれなかった。

「はーい。ご飯できたわよ」

日葵が作ったカレーはものすごく美味《うま》かった。それに、三人で囲む食卓は、どう表現すればいいものか……とにかく、とても良いものだった。

「ご馳走様《ちそうさま》。それじゃあ一緒にシャワーを浴びましょうか」

「だな。日葵は料理を作ってくれたし、羽彩は買い物と掃除をしてくれたからな。お礼に隅々まで洗ってやるよ」

「まあ嬉しいわ♡」

「す、隅々まで……あわわわわわ」

食事を終えて、後片付けもした。俺たちは三人でシャワーを浴びて、それから滅茶苦茶《めちゃくちゃ》スッキリしたのであった。

◇◇◇

体育祭が近づくにつれて、実行委員の仕事も忙しくなってきた。

みんなが熱心に仕事に取り組むので、俺もやる気が上がっていた。少しずつ盛り上がっていく空気感が、割と悪くないと思える。

前世の俺も郷田晃生も、元々こんな青春に価値なんぞ感じちゃいなかった。けれど大人になってみて、そうやって切り捨ててしまった青春を全力で取り組めなかったことに後悔を感じている自分に気づいた。

「あの郷田晃生が体育祭を真面目に取り組む……。どうだ、悔しかろう？」

胸の奥に尋ねてみる。少しだけ心臓が跳ねた気がした。これがどういう意味かは、身体をもらった俺だからこそ伝わっていた。

さて、実行委員の俺の仕事はといえば。

「んしょ……」

「それ持ちますよ。重たい物があったらいつでも声かけてください。力だけは自信があるんで」

「ありがとう郷田くん。頼りがいのある後輩ね」

先輩の代わりに荷物運びをしたり。

「うおっ、これけっこう重いな。おーい、誰か手伝ってくれー！」

「任せろ。こっちを持てばいいか？」

「おおっ、サンキュー郷田！」

同級生の荷物運びを手伝ったり。

「ふえぇ……。ハチマキがどこにあるかわからないよ〜……」

「用具室にあったぞ。ほらよ」

「ご、郷田先輩⁉　うわぁ、全部の色のハチマキが入ってる……。こんなに大きな段ボールを一人で持ってきてくれたんですか？　あ、ありがとうございますっ」

後輩が探している荷物を運んできたりした。

俺の仕事、荷物運びばっかりだなぁ。しかしこの筋肉を使わないわけにはいかないだろう。ただスッキリするためだけの身体ではないのだ。

みんなそれぞれ役割がある。雑用係の俺は便利に使われてなんぼだ。

それに、役割があるのは実行委員ばかりではない。

「郷田くん足速いな。リレーのアンカーは君に決まりだよ」

「おう、任されたぞ」

クラスで出場種目ごとの練習が始まった。

適当に流そうなんて感じは一切ない。みんな勝ちを目指していた。練習は学園ラブコメにも負けないくらいの熱がこもっている。

「やるわね晃生くん。私もリレーのアンカーだから、二人で一位を取りましょうね」

俺と日葵はリレーに出場することになった。チートボディの俺はともかく、日葵は勉強も運動も学年トップクラスなのだから本当に優秀である。文武両道ってできるもんなんだな。

「晃生見て見てー。どうよこのジャンプは？　パン食い競走はいただきでしょ」

羽彩は俺の前でぴょんぴょんと飛び跳ねる。飛びながら口をパクパクと動かしていた。どうやらパンを取るイメージを摑《つか》んでいるようだ。

「……」

練習熱心なのは良いことなのだが、薄い体操着で飛び跳ねるものだから豊かに実った二つの果実がゆっさゆっさと揺れていた。ついでにチラリと形の良いへそが見えた。

なんという無防備さ。それに気づいた男共が前のめりになっていく。あれでは練習どころではない。

「羽彩」

「何？」

「ちょっとこっちに来い」

「え……ちょっ、晃生……。ここ学校だよ……？」

何を期待してんだか、羽彩は頬《ほお》を紅潮させながら俺について来た。

俺は男子連中から離れた場所で、羽彩に説教をした。自分が男からどう見られるのか考えなさい。

「………」

期待したことではなかったからか、俺に説教された羽彩の目が死んでしまった。

明らかにがっかりしている。まずい、このままでは練習に影響が出るかもしれない。元気を取り戻してもらわねば。

「まあ、後でスッキリさせてもらうからな」

「も、もうっ……晃生ったら仕方がないんだからー♡」

すぐに調子を取り戻すチョロイ女である。こういう素直な反応がまた可愛《かわい》いんだけどな。

体育祭実行委員の仕事に出場する種目の練習。慌ただしく日々が過ぎていくと、徐々にみんなの空気に溶け込めているように思えた。

そんなこんなで体育祭当日が近づく。気づけば休んでいた野坂が学校に来るようになっていた。

「……」

久しぶりに登校したからって、野坂と言葉を交わすことはなかった。あんなことがあった後だし、俺から声をかけると余計に気まずくなるだろうと思って変な気は回さないことにした。

「郷田くん、ちょっと良いですか？」

「ああ。どうした黒羽？」

同じ体育祭実行委員というのもあって、黒羽と会話することが多くなった。

ほとんどは仕事の話だが、時折雑談もできるくらいには仲良くなれた。あまり怖がられてはいないようなので、無理しているわけでもないのだろう。

……ただ、気になるのは俺と黒羽が話している時に限って、野坂がニヤニヤしながらこちらを見ていることだろうか。何か良からぬことでも考えているんじゃないかと心配になる顔だ。

「あまり気にしなくてもいいわよ。たとえ変なことを考えていたとしても、実行できるような人じゃないから」

野坂のことを日葵に相談してみると、こんな言葉が返ってきた。幼馴染《おさななじみ》だっただけあって、妙に説得力を感じる。

「それよりも、私は晃生くんが梨乃ちゃんと仲良くしているのが気になるんだけど？」

「同じ実行委員なんだから話すこともあるだろ」

「それは気にしていないわ。私が言いたいのは梨乃ちゃんにも手を出すのかってことよ」

「……俺、そんなに見境なく手を出す男に見える？」

自分で言っておいてなんだが、見た目だけなら見境なく女に手を出しそうだよなと納得してしまった。うん、人の女を寝取りそうな顔している。

けれど、日葵は首を横に振った。

「ううん。でも前もって言っておけば意識するでしょう？」

「お前なぁ……」

「晃生くんって女の子を襲うタイプに見えて、案外その逆だったりするから。自覚させておかないとね」

日葵は初めて俺に気持ちを伝えた時のことでも思い出したのか、照れ臭そうに笑った。

独占欲があるんだかないんだかわかんねえな。

——そんなこんなしているうちに、体育祭当日を迎えたのであった。

六章　悪役としての役割

体育祭当日。賑《にぎ》やかな空気が心を浮つかせる。

「郷田《ごうだ》くん、もうすぐ放送係の仕事ですよ」

「おう。行ってくるぜ黒羽《くろばね》」

当日も実行委員の仕事があった。荷物運びだけじゃなく放送係もさせるとは、郷田晃生《あきお》も使われ……頼られるようになったものである。

「よう郷田。今日はお互いがんばろうな」

「おはよう郷田くん。晴れて良かったね」

「ご、郷田先輩……本日はお日柄も良く……じゃなくて！　今日もよろしくお願いします！」

準備期間で一緒に仕事をしてきたからか、実行委員の人たちと仲良くなれたと思う。こうやって声をかけられる程度には恐れられなくなったのだろう。この関係の変化がちょっぴり嬉《うれ》しいもんだ。

あいさつを返しながら、放送機器が設置されたテントへと向かう。これを運ぶのも大変だったなぁ。

一つ深呼吸をしてから放送席に着く。とくに緊張はしていない。こういった肝っ玉もチートボディの恩恵だった。

「では最初の種目、百メートル走が始まりますので選手は入場口に集合してください」

マイクに口を寄せて、落ち着いた口調で声を発した。重低音ボイスがスピーカーを通してグラウンドに響き渡る。

すごんだ時の声はものすごく怖いのだが、普通に話せば割とイケボである。郷田晃生の時からすごむことが多く、口数も少ないのでそのことに気づいている奴《やつ》はあまりいないだろう。

「うわぁ、すごく良い声……」

「え、誰？　今の声って誰なの？」

「こんなに色気のある声……絶対にイケメンだよ〜」

まさか郷田晃生がこういう仕事をすると思いもしないのか、あちらこちらで女子がきゃいきゃいと騒ぎ出す。それをわかっている実行委員の仲間が口を押さえて笑いを堪《こら》えていた。肩をぽんぽんと叩《たた》いてくる先輩もいた。

体育祭実行委員に選ばれる前は、絶対にこういう扱いはされなかった。今の俺にならこれくらい気安くしても大丈夫だと思ってくれたのだろう。本当に仲良くなれたものだ。

「さあ始まりました！　この百メートル走でどの組が優勝への勢いを引き寄せるのか？　今、第一走者の気合いは充分。みんな良い面構えだ。みんな応援の準備はできているか？　第一走者が……スタートしました！」

ちょっと調子に乗って実況っぽいことをやってしまう。周りに仲間がいると思うと、こんなにも楽しくなってしまうものなんだな。充実した気持ちで仕事ができた。

百メートル走が終わり、玉入れ、綱引きと種目が進んでいく。懐かしいなぁ、という気持ちとともに実況をした。

俺の分の放送の仕事を終えて、自分のクラスの待機場所に戻る。良い汗かいたぜ。

「お帰り晃生くん。カッコ良かったわよ」

「晃生の実況マジでウケたよー。けっこう向いてんじゃない？」

日葵《ひまり》と羽彩《はあや》が笑顔で迎えてくれた。羽彩はいつものサイドテールだが、日葵はピンク髪をポニーテールにしていた。体操服と合わさって新鮮さが増しました。

だが、声をかけてくれたのは彼女たちだけではなかった。

「お疲れ様です郷田くん。準備からこの当日まで、本当に大活躍ですね」

黒羽《ねぎら》が労いの言葉をかけてくれる。俺も「ありがとう」と返した。

この体育祭で一番仲良くなれたのは彼女だった。同じ実行委員として働いてきて、お互いに仲間意識が芽生えているのだろう。俺もかなり話しやすく感じている。

「黒羽もプログラム作成とかがんばってただろ」

「いえ、あたしは郷田くんほどいろいろやっていたわけではないので……」

「何言ってんだ。各種目の段取りを考えてくれていただろ。そのおかげでこうやってスムーズに進行できているんだ。黒羽が大活躍したって証拠だろ」

「郷田くん……」

眼鏡《めがね》の奥の瞳が俺を捉える。彼女の大きな目に吸い込まれるようだった。

「ありがとうございます。うん、そう言ってもらえるのは嬉しいものですね」

緑髪がふわりとなびく。可愛らしい笑顔にドキリとさせられてしまった。……さすがはヒロインの一人だな。

「さっきの放送って郷田くんだったの？」

「びっくりしたよ。なんかいつもとイメージが違ったよな」

「俺も思った。カラオケが上手《うま》そうな声だよな」

何人かのクラスメイトが話しかけてくる。少し前だと考えられなかった光景だ。

羽彩は俺と同じ不良仲間だったたし、日葵は誰にでも分け隔てなく接することのできる優等生だ。この二人が俺に話しかけても、それは例外というか特別なことで、今まで他のクラスメイトが俺に近づくことはなかった。

　体育祭特有の連帯感もあるのだろう。でも、それ以上に黒羽の存在が大きいのではないかと思う。

　大人しい黒羽が郷田晃生と仲良くしている。それが安心感に繋《つな》がり、郷田晃生に対する恐れを薄れさせたのかもしれなかった。

　……実行委員に立候補して良かった。黒羽と一緒に仕事をできて、本当に良かった。

「ふふっ、良かったわね晃生くん」

「青春できてんじゃん晃生ー」

　クラスメイトに囲まれる俺を、微笑《ほほえ》ましそうに見守ってくれている女子が二人。温かい眼差《まなざ》しが気恥ずかしくて、俺はクラスメイトの対応に集中する。

　種目が進んでいくごとに、みんなに交ざって応援をした。その一体感が楽しくて、応援の声にも力が込もる。

「ちょっとトイレ行ってくるわ」

「えっ!?　トイレで……したいの？」

　普通にトイレだっての。頭の中がピンク色に染まっている日葵に軽くチョップし、種目の間に済ませてしまおうと駆け足で校舎のトイレに向かった。

「お前ら！　なんで郷田なんかと仲良くしてんだよっ⁉」

トイレ休憩した帰り道。野坂《のさか》の怒鳴り声が聞こえてきた。

何事だ？　グラウンドから離れた校舎裏を覗《のぞ》いてみると、野坂と友人らしき数名の男子の姿があった。

「なんでって言われても……なあ？」

「郷田って思ったよりも面白いし、がんばってるし、話してみるとそんなに怖い奴ってわけでもなかったし？」

「はあああああぁぁぁぁぁぁぁぁ――っ⁉⁉⁉」

野坂の大声が校舎裏に響き渡る。それだけの声量があるんならクラスメイトの応援してやれば良いのに。体育祭が始まっているってのに、奴はこそこそとどこかへ行ってばかりで応援の声がまったくなかったからな。見つけたと思えばこれだよ……。

「俺が教えてやったことを忘れたのか？　あいつはすげえ悪い奴なんだ！　犯罪者なんだよ！　そんな奴と話すとか……お前らも犯罪者同然になるだろうがっ‼」

野坂のすごい剣幕《けんまく》にも、男子連中はとくに気にした様子はなかった。困ったような、呆《あき》れているような、そんなどちらとも言えない曖昧な表情を浮かべている。

「別に忘れたわけじゃないって。でもさ、郷田の悪いうわさなんて今更だろ？　確かにうわさには犯罪レベルのもんもあるけどさ、それが真実って保証もないよな。最近の郷田ってクラスのこととかちゃんとやってくれているし。いつまでもうわさ通りの奴って目で見られねえよ」

「そうそう、俺も思った。あくまでうわさだもんな。前は怖い雰囲気だったけど、今は大人しくしているもんな。騒ぐ時っていっても白鳥《しらとり》さんが話しかけた時くらいだし」

「つーか、俺らまで犯罪者扱いとかひどくね？　……もしかして野坂、白鳥さんを取られて嫉妬してんのか？　それで過剰に反応しているとか」

「んなっ……！」

一人の男子の言葉に、野坂は絶句した。

野坂にとっては図星だ。だが、その男子は真実を言い当てたつもりはなかったらしい。

「彼女がちょっと他の男子に話しかけたくらいで嫉妬するとか……、野坂って器が小さいのな」と続けていたからな。

しかし、続いた言葉は野坂の耳に届かなかったようだ。その顔が怒りに染まる。

「テメェッ！　よくも言いやがったな!!」

「ぐえっ!?」

野坂はその男子の胸倉を摑《つか》んだのだ。突然のことに友人連中はぽかんと固まっていたが、苦しそうな呻《うめ》き声《ごえ》が聞こえたからかすぐに野坂を引き剝がす。

「おい野坂！　お前何キレてんだよ⁉」

「ただの冗談に何マジになってんだよ！」

優しい友達なのだろう。暴れる野坂をなんとかなだめようとしていた。だが奴の興奮は収まらず、仕方がなく数人がかりで取り押さえていた。

取り押さえられた野坂はしばらく唸《うな》り声を上げていた。獣かよ……。

しばらくすると落ち着いたのか、友人たちから解放された野坂は俯《うつむ》いて動かなかった。心配そうに声をかけられても反応しない。

「……まさか図星？」

さっき胸倉を摑まれていた男子がぽつりと言った。

「っ‼」

野坂は逃げるように駆け出した。残された男子連中の周りには困惑した雰囲気が充満していた。

「あいつ……体育祭からも逃げたってことはないよな？」

そうなると、野坂が出場するはずだった競技に空きが出てしまう。代わりの人を探さないといけなくなるんだが……。

この光景を目にして、俺の心配はそれだけだった。

まあ、そんな俺の心配は杞憂《きゆう》だったようだ。

野坂はちゃんと競技に参加してくれていた。友達グループとは距離を取っているようだが、こっちの仕事が増えなかったことに安心する。

「晃生ー、お昼ご飯にしようよー」

「ああ、今行く」

そんなわけで午前の部が終わって昼休み。みんな思い思いの場所で昼食を取っている。

「日葵はどうした？」

羽彩に呼ばれたのは良いものの、目立つピンク頭が見当たらない。最近は羽彩と日葵が一緒だったから、姿が見えないと何か物足りない気分になってしまう。

「今日は友達と食べるんだってさ。まあたまには良いんじゃね？」

羽彩はニヤリと笑っていた。

俺を独り占めにできるとでも思っているのだろうか。いや、何か別の意図を感じる。

「なあ羽彩。日葵は何か用事でもあるのか？」

「え？　い、いやぁ……アタシは知らないなー……」

目を逸《そ》らしてサイドテールにした髪をいじる羽彩。わかりやすい奴《やつ》である。

どうやら俺に教えるつもりはないみたいだ。わざわざ突っ込んで聞き出すことでもないだろう。必要なら俺を頼るだろうしな。

「じゃあ飯にするか。二人きりでな」

「ふ、二人きり……えへへ♡」

わざと「二人きり」を強調してやる。それだけで金髪ギャルは顔を赤くしてしまった。くくく、チョロイ女だぜ。

「なんか晃生、優しい顔してるよ？」

「ん、そうか？」

おかしいな？　むしろ悪役っぽく笑ったつもりだったのに……。

まだまだ郷田晃生の身体《からだ》を使いこなせていないってことか。だから他の奴には笑顔で接しても怖がられるんだな。うん、郷田晃生が全部悪い。

心の奥底から「うるせー」と聞こえた気がした。俺は不思議に思うこともなく、羽彩といつもの空き教室に向かう。

「はい、どうぞー♡」

今日も羽彩の手作り弁当だ。正直かなり気に入っている。こいつの弁当の味を知ってしまってから、購買でパンを買おうという気がなくなっているほどだ。

「いつもありがとうな。いただきます」

「いただきまーす」

弁当の蓋を開けると彩りだけで目を楽しませてくれる。冷めているはずなのに、温かみを感じさせる味がした。

口にはできないが、料理の腕に関しては羽彩は日葵よりも上だ。部屋を掃除もしてもらったし、想像以上に家庭的なギャルである。

「んっふふー♡」

「なんだよ？」

弁当を食べていると、羽彩がこっちを見ながらニコニコしているのに気づいた。

「いやぁ、晃生って美味《おい》しそうに食べてくれるなーって思ってさ」

「そりゃあ羽彩が作ってくれた弁当が美味《うま》いからな。これだけ料理できるならいつでも嫁に行けるんじゃないか？」

「嫁っ⁉」

羽彩はテンパったのか、自分の弁当を放り投げた。ってオイ！

「ったく、何やってんだよ。落っこちたらせっかくの弁当が台無しだろうが」

羽彩が真上に放り投げた弁当をキャッチする。引っくり返らなかったおかげで中身をぶちまける事態は避けられた。

「ナイスキャッチ……。じゃなくて！　晃生が急に変なことを言うからでしょうがっ！」

「は？　変なこと？」

「だ、だから……嫁に来い、とか……」

「嫁に来いとは言ってねえ」

変に解釈を歪《ゆが》めるんじゃねえよ。……別に、羽彩みたいな女の子が嫁になったら嬉《うれ》しいとは思うけども。

「……」

「……」

妙な沈黙が流れる。俺はがしがしと頭をかいてから、羽彩を抱き寄せた。

「……離れろとは言ってねえからな」

「あ、晃生……っ♡」

昼休み、人間の三大欲求のうち二つを満たした。とてもスッキリしたので午後もがんばれそうだ。

◇　◇　◇

「黒羽さんだけが頼りだから。予定通りに――」

スッキリして、一旦羽彩と別れてクラスの集合場所に戻る道すがら。

野坂と黒羽が二人でいる場面を目撃してしまった。それ以上の感想はなかったので、無視して先を行くのであった。

それぞれの人間関係ってやつがあるのだろう。二人きりになっている男女に声をかけるほど、俺は野暮《やぼ》ではないのである。

「あっ、郷田くんが帰ってきた」

「郷田、午後のリレー期待しているぜ」

「優勝を目指せる位置にいるからな。マジで頼むぜ～」

クラスメイトに出迎えられて、期待を受ける。今日はくすぐったいことばかりで思わず頭をかきながらそっぽを向いてしまう。

「午後もがんばってこ――っ!!」

「「「おお――っ!!」」」

全員揃《そろ》ったところで円陣を組んで声を出す。こんなことにどんな意味があるのかと思っていたものだったが、一致団結した感があってみんなの熱が伝わってくるようだ。よーし、燃えてきたぁ――っ!!

体育祭を通じてクラスメイトと仲良くなれた。円陣を組む時、普通に誘ってもらえたのが嬉しくてちょっと泣きそうになったのは内緒だ。だってさ、少し前まではクラスの輪の中に入れなかったんだもんよ。

「郷田くん、なんだか嬉しそうですね」

黒羽がニコニコしながら話しかけてきた。

「まあな。この青春しているって感じがたまらないんだよ」

くすっと笑う黒羽。抽象的で変なことを言っているって自覚はある。

ただ、この気持ちをどう言葉にすればいいのかわからなかった。わからない心地よさを含めて「青春」ってことで良いのだと思う。

「午後は学年対抗リレーがありますもんね。優勝がかかってますし、あたしも全力で応援しますよ」

「おうよ。応援よろしく頼むぜ。俺も気合い入れてがんばるからよ」

力こぶを作って自信があるとアピールする。ムキムキの筋肉を見たからか、黒羽は「期待できますね」と言いながら俺の二の腕を触った。

「ふぇっ⁉　すごいカチカチですね。うわぁ……郷田くんのってこんなにも大きくて硬いんですね……」

「黒羽は柔らかそうだもんな。男の筋肉はあまり触ったことがないか？」

「あまりというか全然……。でも郷田くんのは硬すぎるんですよ。だって見た目からしてグロテスクじゃないですか。ほら、ピクピクしていますし」

「そ、そうか？」

グロテスクと言われたのは初めてだ。まあアスリート体型が苦手という女子もいるらしいし、筋肉質な男の肉体をグロテスクに感じてしまう女子がいてもおかしくないのだろう。

だがしかし、グロテスクと評した割には俺の二の腕から手を離さない黒羽。彼女の眼鏡《めがね》がキラリと光り、確かめるように両手で腕を挟まれる。

「太い……。あたしのじゃ全然足りないですね」

「黒羽の手は小さいからな。指を伸ばしたって俺の腕に回り切らないだろ」

「でも、段々と癖になってきました。不思議と嫌じゃない感触です……。あっ、またピクッて動いた……」

小さな手で俺の二の腕の弾力を確かめていた。彼女の目は好奇心で輝き、いろんな角度から筋肉を押し込んでくる。

「もしかして、黒羽は筋肉フェチか？」

「えっ⁉ あ、いや、そういうわけではないと思うんですけど……」

黒羽は慌てて手を離す。夢中になっていたのだろう。彼女は恥ずかしそうに頰《ほお》をかく。

「すみません……。初めて触ったものですから、好奇心に負けてしまいました……」

「気にするな。黒羽の父親は細身なのか」

再び俺はムンッ！ と力こぶを作る。黒羽が喜ぶかと思ったのだが、彼女は俯《うつむ》いてしまった。

「あたし、父親がいないんでわからないんですよね……」

「あ、悪い……」

まさかの地雷である。知らなかったとはいえ無神経なことを言ってしまった。

こういう情報は原作になかった。まあエロ漫画の登場人物で家族構成まで明らかになる方が少ないか。父親ならなおさらだ。

「梨乃《りの》ちゃん、私もリレーに出るからしっかり応援してね」

「きゃっ⁉ も～、そんなの言われなくたってわかっているよー」

気まずくなりかけた時、突然現れた日葵が黒羽を後ろから抱きしめた。驚いていたが、相手が親友だったからかすぐに笑顔になる。

助かった。日葵のおかげで悪い空気がリセットされた。ウインクしている日葵を見るに、本当に助けられたようだ。

気の利く日葵に感謝だ。……なのだが、日葵が黒羽を抱きしめたことにより、小柄ながらも大きく実った果実が強調されていた。やはり女子の体操服姿は思春期男子には目に毒だ。日葵にマジ感謝！

『学年対抗リレーに出場する人は入場門に集まってください』

「ついに最大の出番が回ってきたようね」

「だな。優勝の立役者になってやろうぜ」

不敵に笑う日葵に倣って口の端を持ち上げてみる。黒羽に怯《おび》えられなかったので凶悪な顔にはならなかったのだと信じたい。

「二人ともがんばって！」

並んで入場門へと向かう俺たちに、黒羽から声援がかけられた。任せろと伝えるために、握りこぶしを掲げてみせる。

そして、俺と日葵はリレー競技で男女共に一位に導いた。

競技の様子についてあまり語ることはない。郷田晃生のチートボディはリレーでもいかんなく発揮されたことと、日葵の美脚が輝いていたくらいしか語れない。それと走っているポニテ美少女って素晴らしいと思いました！

「おおっ！　ごぼう抜きするなんてすげえよ郷田！」

「あの追い上げは興奮したわ！」

「白鳥さんもすごかったよな！」

「ああ！　あの美しくも張りのある脚がなんとも……」

「バカ！　そうじゃなくて足が速かったよなってことだろ。俺らまであの美脚に見惚《みと》れてたってばれたらどうしてくれんだ！」

「俺はむしろおっぱいの揺れに視線が吸い寄せられたんですが……」

「だから黙ってろっての!!」

リレーを終えて戻った俺たちをクラスメイトが囲んで褒めそやしてくれる。すごく嬉しいが、日葵を性的な目で見ていた輩《やから》は後で体育館裏に集合な？

「晃生は良いなー。みんなから褒められてー」

クラスメイトの輪から抜け出すと、なぜか羽彩が唇を尖《とが》らせていた。

彼女の手にはちょっとお高めのアンパンがあった。パン食い競走の景品だ。

リレー前のパン食い競走を、羽彩は見事一位でゴールしたのだ。俺から見ても芸術的な動きでパンを取っていた。

だが、目玉の学年対抗リレーがすぐに始まったこともあり、羽彩はろくに褒められなかったらしい。俺もリレーで待機していたからな。何も言ってやれていない。

「一位なんてすごいぞ羽彩。よしよし、たくさん撫《な》でてやろう」

「わーい♡」

羽彩の機嫌は直ったようだ。相変わらずチョロ……素直で可愛《かわい》いぜ！

俺と日葵、ついでに羽彩の活躍もあって体育祭を優勝という最高の形で終えられた。

今日はとても良い日になった。みんなと仲良くなれて、体育祭で活躍できて、まさに最高の青春だ。

——ここで今日という日を終えられたら言うことなしだったのに、それを許してくれない奴《やつ》が約一名いたのであった。

◇◇◇

体育祭が終わって、すぐに後片付けが行われた。

「手を挟まないように注意しろよ。みんな、せーので持ち上げるからなー」

応援席として使ったテントは各クラスで片付けることになっている。実行委員の俺が中心になって指示を出していく。

「せーの……って軽っ⁉」

「郷田くんが持ってくれると楽だね」

「だよね。見た目通り力持ちみたい」

体育祭を通じて、クラスの雰囲気が和やかになったと思う。団結力を高めてクラスメイトとの距離を縮める。体育祭にはきっとそういう目的もあるのだろう。

「よいしょっと。俺は入場門の片付けに行ってくるから、みんなはもう着替えに戻っていてもいいぞー」

俺がそう言うと、クラスメイトから「はーい」と気持ちの良い声が返ってきた。声色からは俺に対する恐れは感じない。そのちょっとしたことが嬉《うれ》しくなる。

「郷田くんってけっこう働き者だよね」

「だね。面倒なことでも率先してやってくれるんだもん。ちょっと見る目変わったなー」

「声が最高だったし。あたし郷田くんの声だけでご飯三杯は食べられるかも」

「「………………」」

とくに女子はきゃいきゃいと嬉しそうに話していた。力仕事が終わって安心したんだろうな。

クラスメイトを見送りながら入場門の方へと向かう。そんな俺の隣に、黒羽が並んだ。

「黒羽も先に戻って良いんだぞ？」

「あれ、ご存じありませんか？　実はあたし、郷田くんと同じ体育祭実行委員なんですよ」

黒羽は冗談めかして笑う。体育祭実行委員になってからというもの、知らなかった彼女の一面を見られるようになった。

「知ってる。それでも手は足りているだろうからな。俺一人が行けば充分だと思うぞ」

「あたしも最後まで実行委員の仕事をまっとうしたいんですよ。郷田くんを見習わせてください」

どうやら楽をしたいという気持ちはないらしい。別に無理に拒絶することではないので「わかった」と頷《うなず》いておく。

「じゃっ、アタシらもついて行くってことで」

「は？」

背後からの声に振り返ると、羽彩と日葵がついて来ていた。金のサイドテールとピンクのポニーテールが仲良さそうに揺れている。

「お前らは実行委員じゃないだろ。テントは片付けたんだから、先に着替えていて良いんだぞ？」

俺の言葉に、なぜか羽彩は得意げに「フフン」と鼻を鳴らした。

「大丈夫。アタシらボランティア部隊だから」

何が大丈夫なのか。羽彩はそれで充分だとばかりに胸を張る。だから薄い体操着じゃあ身体《からだ》のラインが隠せないんだってばよ。

「もし人手が足りているのなら、私たちは晃生くんのカッコいい姿を眺めておくわ」

「カッコいい……か？」

ただの荷物運びなんだが。日葵の美的感覚はどうなってんだとツッコみたい。

……まあ、それだけ俺のことが好きってことか。自分でそんなことを考えると恥ずかしいな。

「まあまあ、郷田くん良いじゃないですか。日葵ちゃんの好きにさせましょうよ」

「黒羽は日葵の味方かよ」

「別に良いけどよ」と頭をかく。日葵と羽彩は二人して「やった！」と手を叩《たた》いた。

学校でトップクラスであろう美少女二人に眺められ応援されながら片付けを済ませる。

これってなんの羞恥プレイだよ？

「照れている晃生くんが可愛かったわね♡」

「アタシらも応援し甲斐《がい》があるってもんよ。段々顔が赤くなっていく晃生のギャップったらもうっ……♡」

「ちっ。お前ら後で覚悟しとけよ」

「「〜っ♡」」

まったく、何を考えているのか表情に出ているぞ。黒羽なんか呆《あき》れたのか言葉を失っているし。

後片付けが終われば解散だ。各々部活などの用事がなければ下校して良いことになっている。

日葵たちは女子更衣室で着替えるので一旦別れた。俺は先に教室へと戻る。

もうクラスのみんなは下校したかもしれないが、もし女子が残っていたらどうしようか？　男子は教室で着替えをするから、女子がいると困る。まあその時は適当に男子更衣室を使えばいいか。

そんなことを考えながら教室のドアを開けた。

「「「あっ……」」」

意外なことに教室にはクラスメイトが残っていた。俺の姿を見て、全員固まっている。

もしかしたら数人は残っているかなとは思っていたが……。これ、ほとんど全員じゃないか？

俺が教室に一歩入ると、クラスメイトたちは一歩後退《あとずさ》った。

あれ？　と首をかしげてしまう。この感じは以前の状況とそう変わるものではないのだが、さっきまで一緒に体育祭を楽しんでいた雰囲気とは違いすぎていた。

「ちょっと男子！　日葵ちゃんがそんなことするわけがないってわかるでしょ！」

女子の一人が声を上げる。よく見てみれば、男子と女子のグループで二分されているらしかった。

「そりゃ白鳥さんが優等生だって知ってるよ。でも、だったらこれをどう説明するんだ？」

「そ、それは……」

困惑している様子の男子。彼の疑問に、声を上げた女子も言葉を濁す。

「えっと、これはどういう状況だ？」

俺がクラスの揉《も》め事《ごと》（？）に首を突っ込むのはどうかとも思ったのだが、日葵の名前を出されては聞かずにはいられなかった。

「く、くくくく……。クハハハハハッ!!」

俺の疑問に答えたのは、耳障りな笑い声だった。

クラスのみんなも驚いたのか、笑い声を上げた奴から距離を取る。そのおかげで、この嫌な空気を作ったであろう奴が判明した。

「どうした野坂？　俺が何かおかしいことでも言ったか？」

「いやー、バレてないと思ってとぼけた顔しやがって。郷田、お前の最低な行為は俺に見抜かれてんだよ」

野坂はニヤニヤしながら俺に近づいてくる。その足取りは無駄に自信に満ち溢《あふ》れていた。

「クラスのグループからハブられているお前は知らないよな？　ついさっき、この写真でみんなに郷田って男の本性を教えてやったんだよ！」

野坂はスマホの画面を俺に突きつけてきた。

「ほう……？」

スマホの画面には俺と日葵が映っていた。その画像とは、俺が日葵に金を渡している場面であった。

「どうだ！　これが証拠だ‼」

野坂がスマホを掲げながら大声で言い放った。決まった、とばかりに恍惚《こうこつ》の表情を浮かべていた。

「証拠って、何のだ？」

俺は首をかしげる。いきなり「これが証拠だ‼」と言われても、状況が呑《の》み込めないって。

俺の反応がそんなにも意外だったのか、野坂が一瞬ぽかんとした顔をする。だが、すぐに気を取り直したのか、怒りの態度を見せる。

「この期に及んでとぼけてんじゃねえ！　この証拠があってまだ逃げられると思っているなら教えてやるよ。お前の悪事をな!!」

野坂はクラスメイトたちに振り返って、大仰に身振り手振りを加えて説明とやらを始めた。

「郷田は人の女に手を出す奴なんだ！　金の力を使って俺の日葵の心を奪いやがった！　これがその証拠だ。加工なんかしていない真実の画像だ。これを信じない奴は、郷田と同じ犯罪者になると思え！」

なるほどな。そこまで聞いて、ようやく野坂の言い分とやらを理解した。

「白鳥さん……。最近郷田と妙に仲良かったよな？」

「確かに。まさか金で買収された関係だったのか？」

「ちょっと男子、何言ってんのよ！　日葵ちゃんが買収なんかされるわけないでしょっ。それに彼女は野坂くんとはもう――」

「郷田ァ、証拠はこれだけじゃないぞ！」

野坂はスマホを操作し、別の写真を見せつけてきた。

今度は俺が羽彩に金を渡している場面が撮影されていた。二人目というのもあってか、教室中がざわりと揺れた。

この状況はまずいな。黙ったままだと事態が変な方向に転がってしまいそうだ。とりあえず何か反論を口にしなければならないだろう。

「ああ。この写真に写っているのは事実だ」

俺は落ち着いた声で、小さく頷いてみせる。

俺の肯定に、教室がざわざわと震える。

「ははっ……。認めたな？　やっぱり！　郷田はやっぱりそういう男なんだよ！　女は金でどうにかなるって思ってやがる最低の男なんだ！」

「その写真、弁当の材料費を渡しているところだな」

「……は？」

何やら喚《わめ》きそうになっていた野坂を無視して言葉を続けた。

「最近は日葵と羽彩に弁当を作ってもらっているからな。材料費を渡すのは当たり前だろ？」

「へ、あ、ざ、材料費？」

「材料費ってなんだ？」とでも言いたげな顔してんなぁ。そこから説明しなけりゃならないのかよ。

「二人とも俺の健康を気遣って弁当を作ってくれているからな。ご飯とかおかずとか、材料費がかかるだろ。知ってるか？　最近はオリーブオイルもけっこう値段が上がっているんだぜ」

物価高がきついぜ……。エロ漫画の世界なんだからそういう世知辛いところまで現実的にしなくてもいいのによ。

「なーんだ、弁当の材料費かぁ」

「郷田くんってちゃんとお弁当の材料費を払ってくれるのね」

「うちの彼氏は気にもしないのにねー」

大半の女子が納得してくれたみたいだ。これで誤解は解けただろうか？

「そ、そんなことを言ったたって誤魔化《ごまか》されないぞ！　だって俺……日葵に弁当を作ってもらったけど、そんなもん払ったことないんだ！」

なんとも堂々とした野坂の宣言に、大半の女子が白けた空気になった。男子も何人かは引いている様子だ。

「……は？」

今度は俺がぽかーんである。

別に、野坂が日葵に弁当を作ってもらっていたことに嫉妬したわけじゃない。元々幼《おさな》馴染《なじみ》だったし、何より以前は恋人関係でもあったのだ。それくらいのイベントをこなしていたって不思議じゃない。

だが日葵の手作り弁当に対して、何も金銭を払っていないことが驚きだった。じゃあ食費は全部白鳥家の負担なのか？　そこんとこ野坂の母親はどう考えているんだよ？

「えーっと……野坂？」

「なんだ？　自分の嘘《うそ》がバレて動揺してんのか？　整合性を考えずにしゃべるからそういうことになるんだよっ」

「いや……お前、日葵が弁当を作ってくれた時は昼食代をどうしていたんだよ？」

「はあ？　そんなもん日葵が弁当を作ってんだから、昼食代は浮いたに決まっているだろ」

野坂の答えに俺は絶句した。クラスの女子の沈黙は、俺以上の圧力を放っているように感じるのは気のせいじゃないだろう。

どうしよう、俺と常識が全然違う……。おそらく俺が何を言ったところで、野坂は聞く耳を持ってはくれないだろう。だってあいつ「俺は間違ってねえ」って顔に書いてあるんだもん。

「ねえ郷田くん、私たちが代わりに言おうか？」

「いや、ありがたくはあるけどこれ以上迷惑はかけられないって」

クラスの女子は完全に俺の味方をしてくれていた。だが、今の野坂を相手に無関係な人を渦中に飛び込ませるわけにもいかない。

さて、どうしたものかと思考を巡らせた時だった。

「ちょっと……何よこれ？」

教室のドアが激しい音を立てて開いたのだ。現れたのはピンク頭。明らかに怒りを押し殺しているという感じで俯《うつむ》いている日葵の姿がそこにはあった。

そのまま教室に入ってくる日葵。顔を見せないのが余計に恐ろしい……。

「日葵！　よく来てくれたよ！」

野坂は嬉《うれ》しそうに日葵の方へと駆け寄った。あの状態の彼女によく近づけるなと、逆に感心させられる。

近づいてくる野坂を止めるように、日葵は自分のスマホを突きつけた。そこには俺が日葵に金を渡している場面が映し出されている。さっき野坂が見せてきたものと同じ画像だ。

「見てくれたんだな！　今まで気づけなくてごめんな……。日葵が郷田の言いなりになっていたのも、こうやって金を渡されていたからなんだろ？　俺がいながらこんなことになって……本当に申し訳ないよ」

「本当に申し訳ないと思っているのなら、ここで謝罪してもらえる？」

「……え？」

顔を上げた日葵の目は据わっていた。どう表現したものか……。とにかく、何かやらかしそうな目をしていた。

「クラスのグループラインでこんな画像を送って……、悪意しか感じられないわ。どうせこれがどういうことかわかっていないんでしょうね？　わかっているのなら、そんなことを言えないはずだもの」

「ひ、日葵……？」

日葵の切れ長の目がギロリと野坂を睨《にら》んだ。傍《はた》から目にしただけの俺ですらちょっとビビってしまったほどの眼力《めぢから》である。

「あ……え……？」

それほどの眼力を目の当たりにして、野坂がまともに声を出せるわけがなかった。驚《きょう》愕《がく》からか目を見張り、口をパクパクさせて言葉にならない音を漏らすだけだ。

「……これは私のミスね。純平《じゅんぺい》くんが何か行動を起こすとしても大したことにはならないって決めつけてしまっていたわ。晃生くん、迷惑をかけてごめんなさい」

日葵は心底申し訳ないとばかりに頭を下げた。

「なっ⁉　なんで日葵がこんな奴《やつ》に頭を下げるんだよ‼」

「黙って。それ以上私たちを……晃生くんを陥れるようなことを口にしたら、絶対に許さないから」

日葵のあまりの迫力に、野坂は何も言えなくなった。

「みんな、せっかくだから説明させて。この写真は私が晃生くんに作っているお弁当の材料費を受け取っているだけよ」

「そ、それは郷田の嘘なんじゃ――」

反論しようとした野坂を、日葵は視線だけで黙らせた。すでに条件反射みたいになってんな。

「で、でもよ。なんで白鳥さんがわざわざ郷田の弁当を作っているんだ？　白鳥さんは野坂の彼女じゃないか」

男子の一人が率直な疑問を投げかける。日葵は慌てる様子もなく、あっさりと答えた。

「あら、聞いていなかったの？　私はもう純平くんの彼女じゃないわよ。とっくに別れているし、彼も納得済みよ」

疑問を投げかけた男子は「えっ⁉」と驚愕を露《あら》わにして野坂に目を向けた。奴は気まずそうに顔を逸《そ》らすだけだった。

未《いま》だに本当のことを言っていなかったんだな……。その男子も野坂の態度でどちらが真実を口にしているのかを理解したのだろう。「今まで嘘ついていたのかよ」と呆《あき》れたようにため息をついていた。

「女子はもう全員知っているわよね。どうやら男子は知らない人がまだまだ多いみたいだし、どうして私が純平くんと別れたのか教えてあげましょうか？」

「ちょっ、それはやめてくれ日葵っ！」

「あなたが嘘で塗り固めた結果でしょう？　そんなもの、いつかは剝《は》がれるものなのよ。それを今更体面を気にしてやめてくれというのは、それこそ身勝手よ。ただの自業自得じゃない」

日葵は本気だった。マジの目をしていた。これは誰にも止められない。

そして、日葵はクラスメイト全員に語った。自分が野坂といつ別れたのか。そのきっかけとなった初体験の顚末《てんまつ》を……。

日葵がそうすると決めた以上、俺にできることは見守ることだけだ。野坂が邪魔をしないかと目を光らせていたが、彼女の眼力に臆したのか呆然《ぼうぜん》としているだけだった。

「――話は以上よ。私が彼と別れた理由、これでわかってもらえた？」

日葵は晴れ晴れとした顔で、野坂と別れたいきさつを話し終えた。

クラスメイトは日葵の話を黙って聞いていた。思春期の少年少女らしく、初体験の話にはみんな興味津々だったようだ。

……ただ、期待していたであろうエッチな展開はまったくなかったのだが。

「胸が大きいのが苦手って……普通そんなこと言う？　マジ最低なんだけど」

「勃《た》たなかったのを彼女の身体《からだ》のせいにするだなんて……最っ低」

「『俺のテクですぐにびしょびしょだぜ！』って言っていたくせに……童貞だったどころか触れてもねえじゃん……」

「ないわー。野坂くんマジないわー」

クラスメイトが口々に感想を漏らす。それは容赦なく野坂の心を抉《えぐ》った。

「……いるんだ」

「何かしら？　事実が明らかになって、純平くんに反論できることはないはずよ」

俯いていた野坂が勢いよく顔を上げる。その目はまだ日葵のことを諦められないのか血走っていた。

「日葵は騙《だま》されているんだ！　あいつは俺と日葵の関係がぎこちなくなったのを狙っていたに決まっているんだ！　だって……郷田は悪人なんだから!!」

「反論はそれだけ？　なら、もう話すことはないわね」

「こ、これを見てもそんなことが言えるのか？」

野坂はスマホを操作して動画を再生した。

それは男が複数の男子学生に暴力を振るって金品を巻き上げている映像だった。完全にカツアゲである。

そして、そのカツアゲしている犯人の顔は……俺だった。

「郷田が材料費ってのを払っているのが本当のことだったとしてだ。その金はどこから出ているんだ？　こうやって何の罪もない善人から奪っているんじゃないのか？」

野坂の口角《こうかく》が吊《つ》り上がる。

「わかったか？　郷田は危険人物なんだよ！　こんな奴が学校にいちゃいけないんだ！退学させて、二度と俺たちの前に顔を出せないように追放しなきゃならないんだよ!!」

野坂はスマホを掲げて動画を流しながら、クラスメイトに訴えかける。新たな動画という証拠に、再びみんなに迷いが感じられた。

「あ、晃生くんがそんなことをするわけ――」

「本当にないって言い切れるのか？　日葵だって郷田の悪いうわさは知っているだろ？暴力で金を要求したっておかしくない奴なんだよ！」

郷田晃生はカツアゲなんてみっともない真似《まね》はしない。それは俺が一番よく知っている。

だが当人の俺が否定したところでみんなが信じられる証拠にはなり得ないだろう。あの動画の男が俺のそっくりさんだったとして、それを証明する手立てが思いつかない。

「ふっざけんなっ!!　晃生がカツアゲなんかするわけないでしょうがっ!!」

教室に充満しかけた迷いを振り払ったのは、羽彩の怒号だった。

教室に入るや否や羽彩は早足で野坂のもとまで行くと、動画を再生し続けているスマホを取り上げた。

「か、返せ――」

「うっさい！　アンタが出した証拠ってのを見るだけなんだから邪魔すんな！」

金髪ギャルの剣幕《けんまく》にビビったらしく、野坂は押し黙った。それをいいことに羽彩は俺（?）がカツアゲしている動画を見つめた。

「……これ、晃生じゃないし」

羽彩はぽつりと、でもはっきりと否定してくれた。

「はあっ!?　郷田の仲間だからって庇《かば》ってんじゃねえよ！」

「この男の人、腕細いでしょ。身体つきも。晃生の見てみ、すっごく太いから」

羽彩に促されて、みんなが動画の男と俺の腕や身体を交互に見比べる。スマホの画面でわかりにくいものの、どちらも薄手の半袖シャツだったおかげで比べやすかったようだ。

「……確かに。郷田くんの腕や身体の方が筋肉質で太く見えるね」

結果、俺と動画の男は別人じゃね？　という空気が生まれた。

「そういえば、前に純平くん言っていたわよね？　写真や動画の顔を入れ替えられるアプリがあるんだって……」

まさか？　疑念のこもった視線を受けた野坂の目が泳いだ。

「以前何日か学校を休んでいたけど……まさかこの動画を作るため、だったとは言わないわよね？」

「そそ、そんなことするわけないだろっ!!」

日葵が目をすがめる。幼馴染《おさななじみ》に嘘《うそ》は通用するわけがなかった。

いや、こんなにわかりやすければ幼馴染でなくとも察してしまえるのだろう。

「フェイク動画ってやつ？　退学させたいからって普通そこまでするかよ……」

ただの疑念は、野坂の表情を見れば確信へと変わっていった。

「嘘で塗り固めた人の言葉を、みんなは信じたりしないわ。お願いだからこれ以上過ちを重ねないで」

「ひ、日葵……俺は……っ」

野坂はまだ何か言おうとしたが、クラスメイトたちの雰囲気を察したのか口を閉じた。

「野坂くん……」

遅れてきたがすぐに状況を悟ったらしい黒羽が哀れみの表情で野坂を見つめていた。彼女の視線に気づいたのだろう。奴が希望を見つけたとばかりに再起動する。

「く、黒羽さんっ！　しょ、証拠は？　郷田の悪事の証拠をみんなに見せてやってくれよ！」

「だから、そんなものはないって言っているのに……何度同じことを言わせるんですか？それにこんな画像や動画があるなんて聞いていませんよ」

「サプライズだよ！　決定的な証拠をここぞってところで出す。そうすれば効果てきめんだ！　……でも足りないんだ。ねえ俺頼んだよね？　郷田の悪事を一緒に暴こうってさ」

黒羽はとことこと俺の前まで来ると、頭を下げた。

「ごめんなさい郷田くん。できれば穏便に済ませられるようにしたかったのですが……かえって最悪の事態を引き起こしてしまいました。本当にごめんなさい」

「どういうことだ？」

説明を求めると、黒羽は頭を上げて野坂からの頼まれ事とやらを教えてくれた。

野坂に「日葵が郷田に脅されているかもしれないから証拠集めに協力してくれ」と頼まれたこと。

日葵に確認して、実際に体育祭実行委員を通じて俺の本性を見定めようと近づいたが、野坂の言うような事実はないと判断したこと。

そのことを野坂に話してもまったく信じてもらえなかったこと。それどころかありもしない郷田晃生の悪事を体育祭という場で放送してくれと頼まれたこと。何度断っても説明しても聞く耳を持ってくれなかったこと……。

「脅したという事実がなければ諦めてくれるかと期待したのですが……。まさかこんな行動に出るなんて思いもしませんでした。日葵ちゃんの幼馴染だからあまり傷つけたくなかったのですが……やむを得ませんね」

黒羽はおもむろにスマホを操作する。するとくぐもった音声が流れてきた。

『郷田の悪事をみんなに広めるんだ。元々悪いうわさの絶えない奴なんだ。多少盛ったところで誰も気づかないよ。俺は男子の方を担当するから、黒羽さんは女子全員に広めてくれ』

野坂の声だった。どうやら頼まれ事とやらの一部を録音していたらしい。

「い、いや……これは……その……だから……」

野坂の声は震えていた。いや、声だけじゃなく身体ごとガクガクと震えている。

「郷田の悪いうわさって、野坂が流していたのか？」

誰かがぽつりと言った。それは波紋となって周囲に広がっていく。

「そ、それは違っ――」

「信じられないよねー。こんなことをする人じゃ日葵ちゃんが別れたいって思うのも仕方ないよ」

野坂の否定はかき消されていく。誰の耳にも届かない。教室中がそういう空気になってしまったから。

誰も聞く耳を持ってくれない。何度も引き返すチャンスがあったのに、ずっと聞く耳を持たなかった。それが今、野坂自身に返ってきていた。

「こんなん冗談じゃ済まされないだろ。あいつ、頭おかしいんじゃないか？」

「ッ!!」

野坂は自分をディスった相手を睨《にら》みつけたが、すぐにクラスメイト全員が敵になっていることに気づいたのか目を伏せた。

日葵が前に出る。そしてニッコリと笑って言い放った。

「謝罪、してもらえるわよね？　今謝ってくれれば全部水に流してあげるわ」

謝りさえすれば許す。それは周囲には寛大に映り、野坂にとっては屈辱的な条件だったのだろう。

野坂は唇を噛《か》み、やがて小さく口を開いた。

「なんで……日葵は郷田なんかの弁当を作ったんだよ？」

それは野坂なりの最後の抵抗だったのかもしれない。

だが、日葵はただの問いとして答えた。

「言ったじゃない。今の私は晃生くんのことが好きなのよ。好きな人にお弁当を作ってアピールするのは、そんなにおかしいことではないでしょう？」

教室は一瞬だけ静まり返り、すぐに黄色い声に包まれた。

ずっと好きだった女の子の心が完全に自分から離れてしまった。そのことを思い知らされたのだろう。野坂の顔が絶望に歪《ゆが》んだ。

……それは、原作でよく見た顔だった。

「う、うぅ……うううううぅぅぅぅぅぅぅ……っ!!」

それが野坂にとって最大限の嘆きの声だったのだろう。しかし、周りの黄色い声にあっさりとかき消されてしまった。

「じゃあ謝って。晃生くんに迷惑をかけて、クラスのみんなまで巻き込んで……謝らなければいけないって、わかるわよね？」

野坂はしばらく黙って立ち尽くしていた。

みんな何かを言うでもなく、野坂の謝罪を待ってくれていた。日葵の発する圧力が凄《すさ》まじいのか、固まっている野坂に誰も文句を言わない。

「ご……」

「謝罪なんかいらねえよ」

野坂が口を開いた瞬間、俺は被《かぶ》せるように言葉を放っていた。

「晃生くん？　どうして……」

日葵が怪訝《けげん》そうに首をかしげる。

俺はともかく、野坂は日葵と羽彩の名誉を傷つけた。こんな大事《おおごと》にして、クラスメイトにも迷惑をかけたと言っていいだろう。

謝るのが筋だ。それが正しい在り方ってものなんだろう。

「男が謝る姿なんざ見たくもねえ」

それでも、こんな空気は否定してやりたかった。

野坂は悪いことをした。人を陥れようとする最低の行為をした。言い逃れなんざしようがないほどに。

「なあ野坂。今の自分がすげえみっともねえと思わねえか？」

「……っ」

だけど、あの時に口にした「日葵を守る」という言葉は嘘じゃなかったはずだ。

「お前は悪役だと思っていた奴《やつ》に負けたんだ。何が失敗だったのかわかるか？」

「……」

「オイ、俯《うつむ》いてんじゃねえ」

俺は野坂の胸倉を摑《つか》んで顔を上げさせる。乱暴な行為にクラスメイトが動揺するが、日葵と羽彩がすぐになだめてくれた。

「ひでえ顔してんじゃねえよ」

野坂の顔は涙と鼻水でぐしゃぐしゃだった。カッコ悪い顔をさらされて怒ったのか、絶望していた表情が変わる。

「お、お前が偉そうに言うなっ」

「知らねえな。俺は元から悪役だからよ。頼みなんざ聞いてやる義理がねえな」

ニヤリと笑ってやる。凶悪な面にビビることなく、野坂は俺を睨《にら》みつけてきた。

野坂が謝罪をすれば、この場は丸く収まるのかもしれない。

だが、日葵と羽彩の誤解は解けた以上、謝罪は「この話はこれで終わり」と知らせる意味しかない。

そのためだけに野坂の心を折るなんて、郷田晃生のすることではない。

野坂を絶望させるのは、あくまで日葵を俺のものにしたという事実だけだ。それ以外のことで追い詰めるのは悪役らしくないだろう。

「なんで悪役の俺に負けたのか。理由がわからねえってんなら教えてやるよ」

野坂の目は死んでいなかった。俺は言葉を続ける。

「日葵を一人の人間として見なかったからだよ。日葵はお前に優しくて都合の良い可愛《かわい》いだけの幼馴染なんかじゃねえ。なんでもできるように見えて、その裏ではたくさん努力しているし。優しいように見えて、心無い言葉に傷ついて泣いちまうような……完璧じゃない、普通の女なんだよ」

「うっ……」

「決めつけてんじゃねえよ。不良だとか、幼馴染だとかで人を決めつけんな。そういう思い込みが、いつだって乱暴な正義を振りかざす勘違い野郎になるんだ」

「俺は……」

野坂の表情から怒りが抜けていく。止まれなかったのは、俺の方だった。

「幼馴染ってんならもうわかってんだろ？　日葵が今どういう気持ちなのかってことをよ。なのに、このままでいいのかよ。野坂の大切な人は誰だ？　おい、言ってみろよ！」

野坂が俺の手首を掴む。ビクともしないが、確かな意志を感じる。

「俺の……俺の大切な人は白鳥日葵だ！　小さい頃から、それだけは変わらない‼」

自分の言葉に、野坂ははっとする。それから、みるみる表情が歪んでいった。

「……ごめん。俺は知らずにたくさん日葵を傷つけていたんだな……日葵なら全部わかってくれると思って甘えてばかりで……。本当に……ごめんなさいっ！」

胸倉を掴んでいる手を放せば、野坂は床に膝をついた。涙を流していて、それだけを見れば原作の構図に似ている。

けれど、その表情は絶望に染まっているわけではなかった。やっと一人の人格に目を向けられた、遅すぎる後悔に満ちていたのであった。

◇◇◇

「……本当はもっと、上手《うま》くやるはずだったのよ」

体育祭後に野坂が起こした騒動が終わって、日葵は落ち込んだように呟《つぶや》いた。

「梨乃ちゃんから純平くんがおかしくなっているって聞いて。どうせ大したことはできないだろうって、ゆっくり思い知らせてあげればいいって思ったの」

「もっと穏便にできると思ったのにな……」そう言って、日葵は目を伏せた。

白鳥日葵と野坂純平は幼馴染《おさななじみ》である。

幼い頃から仲が良くて、その関係を惰性で続けてきた。というのが原作での関係だった。

ただ、日葵も野坂に告白されて断らない程度には、奴に悪印象はなかったのだろう。男として見ていなかったとは言うが、ずっと続いていた幼馴染の関係を解消せずにいたくらいには、野坂純平という男を信じていたのかもしれない。

「気づいてやれなくて悪かったな……」

「何を言っているのよ。晃生くんに気づかれないように動いていたつもりよ。それに関して言えば、私にとっては大成功だわ」

あっけらかんとそう言ってのける日葵。こういうところが、彼女の強さなのかもしれない。

「でも、俺も野坂が何か裏でこそこそやっているのはなんとなく気づいていた。それなのに、下手《へた》に首を突っ込むと余計こじれると思って無視していたんだ。日葵に負担をかけているのにも気づかずな……」

野坂とはもう関わらない方がいいと考えていた。

あいつにとって俺はただの寝取り野郎で、俺があいつに何を言っても無駄だろうと諦めていた。距離を置くことでしか、野坂の心が持ち直すことはないだろうと思っていた。

俺に何かやってくるってんなら構わない。だがしかし、俺の女を陥れようってんなら話は別だ。原作主人公なんだからヒロインに悪いことはしないだろうと決めつけていたのが、俺の油断だった。

「ふふっ、バカね」

日葵は微笑《ほほえ》む。母親が我が子を見るような目に見えてしまったのは、たぶん俺が反省ってやつをしているからだろう。

「晃生くんは何もしていなかったわけじゃないでしょう？　晃生くん自身の人生とまっとうに向き合っていたじゃない。クラスのこと、体育祭実行委員のこと。そういうところで真《ま》っ直《す》ぐ向き合っていたからこそ、みんなが晃生くんの味方になったのよ」

やってきたことで、その人の在り方は示される。

体育祭を真面目《まじめ》に取り組んだ俺。対する野坂は裏で俺のネガティブキャンペーンをしていた。隠れてやっているつもりでも、不審に思うクラスメイトはいたのだそうだ。

「他人の人生を陥れたってなんにもならないわ。そんなことをしたって自分が評価されるわけでもないのに。……それくらい、気づいてくれると思っていたんだけどね」

聞いてみれば元々横柄な奴で、日葵が男として野坂を好きになれなかったのは嘘《うそ》ではないのだろう。

それでも、幼馴染として傍《そば》にいたのは説明し切れない感情ってのがあったのかもしれない。まったく、幼馴染ってのは本当に複雑だ。

「日葵ちゃんと郷田くんは本当に仲良しですね」

黒羽が日葵の隣に座った。

日葵と話してばっかりで忘れそうになっていたが、ここはカラオケボックス。体育祭の打ち上げということで、クラスのみんなで訪れたのだ。

「まあな。意外と相性が良いんだよ」

身体《からだ》の方も含めて相性が良いけどな。なんてことはさすがに言えないが。

「今回は本当にありがとう。梨乃ちゃんのおかげで助かったわ」

「でも結局野坂くんを止められなかったし……。ごめんね日葵ちゃん」

「何を言っているのよ。謝らなきゃいけないのは私の方よ。無茶《むちゃ》なことをさせてごめんね」

謝り合う二人を眺める。美少女同士のやり取りは目の保養になるね。ウーロン茶が美味《うま》いぜ。

「それにしてもよく録音していたもんだな。黒羽のおかげで俺の悪いうわさまで緩和されたぞ」

「いえ、野坂くんの目があまりにも怖くて……。身の危険を感じて無意識に動画を撮っていたんですよね。映像はダメでしたが、音声は拾えました」

黒羽の危機察知能力はかなり高いようだ。咄嗟《とっさ》にスマホで動画撮影するって、簡単にできることじゃない。

「でも良かったのか？　黒羽は野坂のことが好きだったんじゃないのか？」

「は？　誰がそんな世迷《よま》い言《ごと》を口にしたんですか？」

眼鏡《めがね》の奥の目が感情を失う。あ、これ本気で怒ってる目だ。

「いや悪い。俺が勝手にそう思い込んでいただけなんだ。忘れてくれ」

本当は原作で知っていたから、なんて言えるはずがない。誤魔化《ごまか》すようにウーロン茶に口をつける。

「そうなんですね。確かに日葵ちゃんの幼馴染だから他の男子に比べて話すことは多かったですけど、あたしに彼への好意はありませんので勘違いしないでくださいね」

「お、おう。わかった」

目が笑ってないって。次に同じことを言ったらただでは済まなそうだ。怒ると怖いのは親友と似ているんだな。……気をつけよう。

それにしても、やはり原作と違う部分はあるんだな。これをなんだかんだで現実は別だからと流すのか、実は原作が変わるような要因があったのか……。考え方次第でこれからの俺の行動が変わるかもしれなかった。

「晃生ー。次晃生の番だよー」

羽彩にマイクを渡される。忘れそうになるが、ここへはカラオケをしに来たんだった。

「おっ、次は郷田が歌うんだってよ」

「どんな歌声なんだろ？」

「あのイケボで歌ってくれるのね……。やだ、なんかムズムズしてきた」

クラスメイトから期待の眼差《まなざ》しが向けられる。恐れややっかみではない、好意的な雰囲気だ。

曲が流れる。俺が郷田晃生に転生して、初めて歌った曲だ。

「晃生ー、一緒に歌う？」

笑顔で気遣いをくれる羽彩。俺はその申し出を柔らかく断った。

「もう大丈夫だ」

口を開いて歌い始める。最初の時のような迷いはない。すでに何度も聴いた曲だから。

少しずつこの世界に慣れてきた。上手《じょうず》とは言えないまでも、楽しく歌えるほどには。

歌い終わると大勢のクラスメイトの拍手に包まれた。まるで俺がこの世界に来たことを歓迎してくれているように感じた。

エピローグ

「原作開始前からけっこう変えちまったなぁ」

時期はもうすぐ夏休み。つまり、原作開始の時間に追いついていた。

当初は主人公やヒロインといったメインキャラに関わらないようにして、新たな人生をまっとうする。そんなことを考えていたのに、気づけば距離を置くどころかがっつり繋《つな》がってしまった。

「あんっ♡　……晃生《あきお》くん？」

考え事をしたせいで動きを止めてしまった。繋がっている日葵《ひまり》はどうしたのかと俺を見つめる。

「いや、日葵が俺の女になった事実が、今更になって不思議だと思ってな」

日葵は息を弾ませながらも、汗ばんだ顔でふふっと笑った。

「嫌だった？」

「そんなことは言ってねえだろ」

「嫌だと言われてもそう簡単に離れてあげないわよ。私は晃生くんの優しさに触れて恋に落ちたの。胸が温かくてちょっと苦しくて、でもこの初めての感覚に素直になれた。そうしたらね……」

日葵が俺の手を取った。指と指を絡めて、深く深く繋がる。

「こんなにも幸せになれたわ♡」

花が咲いたかのような笑顔だった。

原作で見た快楽だけの笑顔ではない。身体だけじゃなく、心から充足したような満面の笑みだ。

そんな彼女に魅了されている。そのことに気づきながらも、もう手遅れだと自覚していた。まったく、俺はとんだ悪役だよ。

「ならもっと幸せにしてやるよ。日葵、お前は俺の女だからな」

「あんっ。晃生くんを身体の奥で感じられて……幸せ♡」

これも原作のセリフだったか。しかし、もう原作と同じ関係になりようがなかった。

——野坂《のさか》は転校した。

「勘違いすんなよな。郷田《ごうだ》に日葵を取られたから尻尾《しっぽ》巻いて逃げるってわけじゃないんだ。父さんが転勤するから仕方なくなんだからなっ」

転校が決まった日。野坂は俺に向かってそんなことを言った。

だからなんでツンデレっぽいセリフなんだよ。そう笑いながら言うと、「バカ言うな！」と顔を真っ赤にして怒られてしまった。

「……でも、いい機会だ。俺は自分自身を見つめ直す。そして、郷田が羨ましくなるような青春ってやつを送ってやるよ」

野坂は初めて俺に笑顔を向けた。気持ちの良いくらい晴れ晴れとしていて、見ているこっちまで笑顔になる。

「今度戻ってくる時までに日葵が思わず惚《ほ》れてしまうような男になってみせる。その時に俺に日葵を取られても、文句言うなよな」

寝取られる男が、寝取り男に女を奪う発言をする。本当に原作が変わったのだと思うと、なんだか笑いが込み上げてくる。

そうして、俺は野坂を見送ったのである。

野坂の父親が転勤するなんて、原作ではなかったはずだ。俺の行動が原作の何かを変えているのか……。

「もっと……もっと深くきて。私を晃生くんでいっぱいにしてほしいのっ♡」

悪いこともあったけど、日葵にとって野坂は幼《おさな》馴染《なじみ》だ。奴《やつ》の転校に、思うところがあるのだろう。

原作主人公の退場。それがどう影響していくのかはわからない。

まったく影響がないのかもしれないし、実は重大な事件のきっかけになってしまったのかもしれない。それはまだ判断のしようがなかった。

「日葵っ」

「んん〜〜!!」

日葵の魅惑的な身体が何度も跳ねる。自身の奥から湧き出てくる衝撃に翻弄されながらも、ぐっと耐えようとしている顔をしていた。

「はっ……はっ……はぁ……はぁ……」

互いに息を整える。俺の筋肉で覆われた厚い胸板と日葵の豊かな胸が呼吸の度に大きく動く。

温《ぬく》もりを感じる。これは漫画なんかじゃない。ちゃんと現実として存在しているという証拠だ。

「日葵。その……」

俺が野坂の転校に対して思うところはない。元々距離を置くつもりだったし、何をしても関わることはないだろうと思っていたから。

それでも、日葵がどう思っているかはわからなかった。何も感じていないわけではない。

だが、その気持ちの詳細を尋ねるのは、なんだか憚《はばか》られてしまっていた。

「晃生くん」

「なんだ？」

顔を両手で挟まれる。しっとりとした手のひらに包まれているだけで心地がいい。

唇が重なる。甘い吐息とともに顔を離した日葵は、はにかんでいた。

「大好きよ晃生くん。私は、それだけで充分よ♡」

最初は世界の修正力かなんかが働いて、白鳥《しらとり》日葵と対面してしまったかと思っていた。

その時の彼女はとても不安定で、自分を持っているとは言い切れない。そんな頼りない印象だった。

だが、確かに彼女はメインヒロインとしての魅力を充分に持っていた。今となっては、俺の方が日葵を手放せそうにない。

「……それぞれの人生だ。俺も、好きにやらせてもらうぜ」

ちょっとばかし色がついてしまったが、これからも青春を求めていこうと決めた。貴重な学生時代、向き合わないのは損ってもんだからな。

始まる前から原作とは外れてしまったが、それで物語が終わったわけではない。この世界で生きていく以上、俺は好き勝手に俺の女たちと一緒にいようと思うのだ。

「それじゃあ晃生くん……もう一回、する？」

「日葵がヤリたいだけだろ。まったく、仕方がねえなぁ」

「仕方がねえなぁ……じゃないでしょ！　何しれっと二回戦に突入しようとしてんのっ！」

俺と日葵の距離が縮まる……のを妨害したのは金髪巨乳ギャルだった。というか羽彩《はあや》である。

「白鳥ちゃんもしたたかだねー。何かあったみたいだったから一番は譲ったけれど……晃生くんを独占されちゃうと話が違ってくるかな？」

「ご、ごめんなさいエリカさん……」

美少女優等生といえど、美人女子大学生の威圧には勝てないらしい。ピンク優等生を押しのけて、青髪お姉さんと金髪ギャルが俺に密着する。

「それじゃあ晃生くん、今度は私たちと楽しもうね♡」

「その、したいことがあったら言って？　アタシ……晃生に喜んでもらえるようにがんばるからっ」

エリカと羽彩の誘惑に、俺はたまらず二人を抱きしめた。

「あ、晃生くん……エリカさんと羽彩ちゃんの次に、私と続きをするんだからねっ！」

まったく、俺の女たちは元気すぎて困る。こんなの悪役の肉体を持つ俺でなければ持た

ないだろう。

現実のヒロインたちは面倒なくらい好き勝手にやりやがる。そんな彼女たちに付き合ってやるのも、悪役に転生した俺の役割ってもんだろう。

あとがき

初めまして、みずがめと申します。

この度は『漫画の寝取り竿役に転生して真面目に生きようとしたのに、なぜかエッチな巨乳ヒロインがぐいぐい攻めてくるんだけど？』が第９回カクヨムＷｅｂ小説コンテストのラブコメ部門で特別賞を受賞し、この作品を書籍として世に出すことができました。

書籍にする際にタイトルを変更しました。何かの力が働く前に配慮した次第でございます（意味深）。


さて、今作が私にとって商業作家デビュー作品になります。今回は初めましてということで、自己紹介させてください。

誕生日は二月十八日。血液型はＡＢ型。スイーツはチーズケーキが一番好きです。

私は高校を卒業する直前、病気で視覚障害者になりました。

急な進路変更や、今までできていたことができなくなって戸惑う日々が続きました。

一番つらかったのは、趣味だった漫画やゲームが見えずに楽しめなくなってしまったこと。暇を持て余した私は、音声で読み上げてくれる携帯を握りしめ、ネットの海へと沈み込みました。

そこで出会ったのがWeb小説でした。目が見えている時は小説を読もうともしませんでしたが、試しに手を出してみることに。

結果、ドはまりしました。たくさんの物語に触れられる。想像すれば漫画以上の映像で小説を楽しむことができました。

趣味を失っていた私にとって、Web小説は救いでしたね。心のオアシスでしたよ。

そんなわけで、新たな趣味が高じて書くことに挑戦するようになり、ネットに投稿すると読んでくれる方々がいて。感想をいただいて、さらに調子に乗って書くようになり……今に至るというわけです。

私のことはこれくらいにして、最後に謝辞を。

イラストを担当してくださったねしあ様。エッチな巨乳ヒロインをエロ可愛《かわい》く描いてくださりありがとうございました！　悪役かっこいい郷田《ごうだ》くんも最高です！　謝恩会で初めてお会いして、とても熱い心を持った真面目《まじめ》な方だという印象が大きく、安心してキャラたちをお任せすることができました。こうして魅力的にしてくださり感謝の念に堪えません。

今作の担当編集様。作品のアドバイスやライトノベル業界のことを丁寧に教えてくださりありがとうございました！　お手数をおかけしたと思いますが、担当編集様や関わってくださった方々のおかげで書籍にすることができました。心からお礼を申し上げます。

それから愛する妻。私が見えない分、修正作業や担当編集様との連絡など、それ以外にもたくさんのことをサポートしてもらいました。今作の受賞を私以上に喜んでくれて、日々の生活を含めて、いつも感謝しています。これからも頑張りますね。本当にありがとう！

そして、この本を手に取っていただいた皆様方に感謝を。イラストやタイトルに惹《ひ》かれたり、Ｗｅｂ版から引き続き読んでくださったりと様々な方がいらっしゃると思いますが、これも一つの出会いだと思っています。これからもお付き合いしていただけるように、小説執筆に励んでいきますね。本当にありがとうございました！

エロ漫画《まんが》の悪役《あくやく》に転生《てんせい》した俺《おれ》が、寝取《ねと》らなくても幸《しあわ》せになる方法《ほうほう》

著	みずがめ
	角川スニーカー文庫　24601
	2025年４月１日　初版発行
発行者	山下直久
発　行	株式会社KADOKAWA 〒102-8177 東京都千代田区富士見2-13-3 電話　0570-002-301（ナビダイヤル）
印刷所	株式会社暁印刷
製本所	本間製本株式会社

◇◇◇

●お問い合わせ
https://www.kadokawa.co.jp/（「お問い合わせ」へお進みください）
※内容によっては、お答えできない場合があります。
※サポートは日本国内のみとさせていただきます。
※Japanese text only

Printed in Japan　ISBN 978-4-04-115745-9　C0193

★ご意見、ご感想をお送りください★
〒102-8177 東京都千代田区富士見 2-13-3
株式会社KADOKAWA　角川スニーカー文庫編集部気付
「みずがめ」先生「ねしあ」先生

本書は、カクヨムに掲載の「漫画の寝取り竿役に転生して真面目に生きようとしたのに、なぜかエッチな巨乳ヒロインがぐいぐい攻めてくるんだけど？」を改題、加筆修正したものです。

角川文庫発刊に際して

角川源義

第二次世界大戦の敗北は、軍事力の敗北であった以上に、私たちの若い文化力の敗退であった。私たちの文化が戦争に対して如何に無力であり、単なるあだ花に過ぎなかったかを、私たちは身を以て体験し痛感した。西洋近代文化の摂取にとって、明治以後八十年の歳月は決して短かすぎたとは言えない。にもかかわらず、近代文化の伝統を確立し、自由な批判と柔軟な良識に富む文化層として自らを形成することに私たちは失敗して来た。そしてこれは、各層への文化の普及滲透を任務とする出版人の責任でもあった。

一九四五年以来、私たちは再び振出しに戻り、第一歩から踏み出すことを余儀なくされた。これは大きな不幸ではあるが、反面、これまでの混沌・未熟・歪曲の中にあった我が国の文化に秩序と確たる基礎を齎らすためには絶好の機会でもある。角川書店は、このような祖国の文化的危機にあたり、微力をも顧みず再建の礎石たるべき抱負と決意とをもって出発したが、ここに創立以来の念願を果すべく角川文庫を発刊する。これまで刊行されたあらゆる全集叢書文庫類の長所と短所とを検討し、古今東西の不朽の典籍を、良心的編集のもとに、廉価に、そして書架にふさわしい美本として、多くのひとびとに提供しようとする。しかし私たちは徒らに百科全書的な知識のジレッタントを作ることを目的とせず、あくまで祖国の文化に秩序と再建への道を示し、この文庫を角川書店の栄ある事業として、今後永久に継続発展せしめ、学芸と教養との殿堂として大成せんことを期したい。多くの読書子の愛情ある忠言と支持とによって、この希望と抱負とを完遂せしめられんことを願う。

一九四九年五月三日

みょん
Illust.ぎうにう
男嫌いな美人姉妹を
名前も告げずに助けたら
一体どうなる？
1巻
発売後
即重版!
早く私たちに
溺れればいいのに
——濃密すぎる純情ラブコメ開幕。
学年一の美人姉妹を正体を隠して助けただけなのに「あなたに隷属したい」「君の遺伝子頂戴?」……どうしてこうなったんだ?　でも“男嫌い”なはずの姉妹が俺だけに向ける愛は身を委ねたくなるほどに甘く——!?
スニーカー文庫